GRöls Verlage

„Bücher sind wie Fallschirme. Sie nützen uns nichts, wenn wir sie nicht öffnen."

Gröls Verlag

Redaktionelle Hinweise und Impressum

Das vorliegende Werk wurde zugunsten der Authentizität sehr zurückhaltend bearbeitet. So wurden etwa ursprüngliche Rechtschreibfehler *nicht* systematisch behoben, denn kleine Unvollkommenheiten machen das Buch – wie im Übrigen den Menschen – erst authentisch. Mitunter wurden jedoch zum Beispiel Absätze behutsam neu getrennt, um den Lesefluss zu erleichtern.

Um die Texte zu rekonstruieren, werden antiquarische Bücher von Lesegeräten gescannt und dann durch eine Software lesbar gemacht. Der so entstandene Text wird von Menschen gegengelesen und korrigiert – hierbei treten auch Fehler auf. Wenn Sie ebenfalls antiquarische Texte einreichen möchten, finden Sie weitere Informationen auf www.groels.de

Viel Freude bei der Lektüre wünscht Ihnen das Team des Gröls-Verlags.

Adressen

Verleger: Sophia Gröls, Im Borngrund 26, 61440 Oberursel

Externer Dienstleister für Distribution & Herstellung: BoD, In de Tarpen 42, 22848 Norderstedt

Unsere „Edition | Werke der Weltliteratur“ hat den Anspruch, eine der größten und vollständigsten Sammlungen klassischer Literatur in deutscher Sprache zu sein. Nach und nach versammeln wir hier nicht nur die „üblichen Verdächtigen“ von Goethe bis Schiller, sondern auch Kleinode der vergangenen Jahrhunderte, die – zu Unrecht – drohen, in Vergessenheit zu geraten. Wir kultivieren und kuratieren damit einen der wertvollsten Bereiche der abendländischen Kultur. Kleine Auswahl:

Francis Bacon • Neues Organon • **Balzac** • Glanz und Elend der Kurtisanen • **Joachim H. Campe** • Robinson der Jüngere • **Dante Alighieri** • Die Göttliche Komödie • **Daniel Defoe** • Robinson Crusoe • **Charles Dickens** • Oliver Twist • **Denis Diderot** • Jacques der Fatalist • **Fjodor Dostojewski** • Schuld und Sühne • **Arthur Conan Doyle** • Der Hund von Baskerville • **Marie von Ebner-Eschenbach** • Das Gemeindekind • **Elisabeth von Österreich** • Das Poetische Tagebuch • **Friedrich Engels** • Die Lage der arbeitenden Klasse • **Ludwig Feuerbach** • Das Wesen des Christentums • **Johann G. Fichte** • Reden an die deutsche Nation • **Fitzgerald** • Zärtlich ist die Nacht • **Flaubert** • Madame Bovary • **Gorch Fock** • Seefahrt ist not! • **Theodor Fontane** • Effi Briest • **Robert Musil** • Über die Dummheit • **Edgar Wallace** • Der Frosch mit der Maske • **Jakob Wassermann** • Der Fall Maurizius • **Oscar Wilde** • Das Bildnis des Dorian Grey • **Émile Zola** • Germinal • **Stefan Zweig** • Schachnovelle • **Hugo von Hofmannsthal** • Der Tor und der Tod • **Anton Tschechow** • Ein Heiratsantrag • **Arthur Schnitzler** • Reigen • **Friedrich Schiller** • Kabale und Liebe • **Nicolo Machiavelli** • Der Fürst • **Gotthold E. Lessing** • Nathan der Weise • **Augustinus** • Die Bekenntnisse des heiligen Augustinus • **Marcus Aurelius** • Selbstbetrachtungen • **Charles Baudelaire** • Die Blumen des Bösen • **Harriett Stowe** • Onkel Toms Hütte • **Walter Benjamin** • Deutsche Menschen • **Hugo Bettauer** • Die Stadt ohne Juden • **Lewis Caroll** • *und viele mehr….*

Jack London

An der weißen Grenze

Deutsche Übersetzung von
Erwin Magnus

Alle Luken des Dampfers waren offen. Quietschende, kreischende und polternde Kräne tauchten mit spitzen Haken in seinen Bauch ein. Unablässig holten sie Kisten und Lasten der Goldgräber hervor und schwangen sie hinüber in offene Leichter, die zu beiden Seiten längs des Schiffes lagen. Tausend Menschen hasteten auf Deck umher und traten einander auf die Füße. Die Schauerleute waren im Streik, und die Passagiere mußten selbst ihre Ladung löschen. Es war keine Ordnung. Gruppenweise stritten sie sich um das Eigentumsrecht an bestimmten Lasten, die mit „Punkt 2" oder „Punkt 2 Strich" gezeichnet waren. Dann und wann kam es zu Schlägereien.

Der Erste Offizier ging durch das Tohuwabohu und machte ein heiteres Gesicht, als ginge ihn die ganze Sache nichts an.

„Goldgräber sind eine leicht verderbliche Fracht", sagte er zu Frona Welse. „Sie zittern um jede Minute ..."

„Und ich erst!" rief Frona. „Ich zittere auch um jede Minute. Da, schaun Sie da hinüber! Dort, wo der Fluß mündet, zwischen den Kiefern, sehen Sie das große Blockhaus? In dem bin ich geboren!"

„Dann allerdings, dann hätte ich auch Eile", lachte er. „Also dann wollen wir Ihnen mal ein bißchen unter die Arme greifen."

Sie war das einzige junge Mädchen an Bord, unter mehr als tausend Männern. Er lotste sie galant an die Reling, wo verzweifelte Passagiere standen und mit Schriftstücken winkten. Sie brüllten ihre Frachtzeichen und fluchten wie die Heiden.

„Der Proviantmeister sagt, entweder ist er schon verrückt geworden, oder er wird es augenblicklich", erzählte der Erste Offizier, während er Fräulein Welse über die Laufplanke half.

„Dabei geht es bei uns noch ganz friedlich her. Sehen Sie da drüben den „Stern von Bethlehem"?"

Er zeigte auf einen Dampfer, der eine Meile entfernt vor Anker lag.

„Die Hälfte von den Passagieren da drüben hat Packpferde bestellt. Die wollen nach Skaguay und dem Weißen Paß. Dort soll es neue Goldfunde geben. In einem Jahr will jeder von ihnen Millionär sein. Ihre Pferde stehen am Strand und grasen friedlich, und die Leute kommen nicht vom Schiff weg. Da ist eine Art von Meuterei ausgebrochen."

„He, Sie!" rief er einem Ruderboot zu, das sich vorsichtig am äußersten Rande des schwimmenden Wirrwarrs hielt.

Eine winzige Barkasse, die mit heroischem Mut an einer mächtigen Schute zerrte, versuchte, dem Ruderer den Weg abzuschneiden, aber der Mann legte sich einfach vor ihren Bug. Er bekam einen Stoß und fiel der Länge nach in sein Boot. Das Boot drehte sich und stoppte jetzt den ganzen Verkehr.

Eine paar lange Kanus, vollgeladen mit Waren, Goldgräbern und Indianern, drängten an ihm vorbei zum Strand und verhedderten sich ineinander. Als der Ruderer wieder auf die Füße kam, ließ er einen Hagel von Flüchen auf alle Kanuleute und Leichterschiffer niederfahren. Ein Mann auf dem Leichter beugte sich zu ihm hinüber und schwur, daß er nie einen armseligeren Sohn einer Hündin gesehen hätte, während die Weißen und Indianer in den Kanus in ein brüllendes Hohngelächter ausbrachen.

„Scher dich zum Satan!" rief einer aus dem Kanu, „hättest du lieber rudern gelernt!"

Die Faust des Ruderers krachte gegen das Kinn des anderen, der betäubt auf einen Warenstapel fiel. Er war damit aber noch nicht zufrieden. Weiß vor Wut, wollte er sich in das Kanu hinüberschwingen und weiter auf den Mann eindreschen, der behauptet hatte, er könnte nicht rudern. Ein Goldgräber im selben Kanu, der in all dem nur Zeitvergeudung sah, nestelte an seiner Revolvertasche, und man konnte große Dinge erwarten. Aber dann wurde dem Ruderer aus dem Kanu heraus ein Riemen über den Schädel geschlagen, so daß er für den Augenblick kampfunfähig war, das Kanu bekam seinen Weg wieder frei, und gerade als Mord und Totschlag unvermeidlich schienen, war die kleine Meinungsverschiedenheit plötzlich zu Ende.

Der Schiffsoffizier warf einen verstohlenen Blick auf das Mädchen ... vielleicht wurde sie ohnmächtig, und er mußte sie auffangen? Aber ihr Gesicht war voll vergnügter Spannung. Sie war noch hübscher geworden.

„Es ist mir ja lieb, daß der Revolver nicht geknallt hat", sagte sie, „aber so was macht doch Spaß, finden Sie nicht?"

Inzwischen war der Ruderer wieder auf die Beine gekommen und legte sein Boot an die Schiffswand.

„Eine Dame an Land!" schrie der Offizier. „Wieviel?"

„Zwanzig Dollar."

„Der Kerl ist ein Räuber", sagte der Offizier zu Frona. „Zwanzig Dollar für die paar hundert Meter! Für einen Mann würde er wahrscheinlich fünfundzwanzig fordern. Richtige Seeräuberei! Eines schönen Tages wird er da drüben hängen an einer von den Kiefern."

„Halten Sie's ...", rief der von unten.

„Sie haben verdammt gute Ohren!"

„Mit den Flossen bin ich auch nicht langsam, wenn Sie's darauf ankommen lassen."

„Und ganz besonders schnell mit dem Maul!"

„Muß ich auch, bei meinem Geschäft, sonst käm' ich nicht weit unter all den Haifischen. Ich soll ein Räuber sein? Was seid ihr denn dann? Tausend Passagiere aufeinander gepackt wie die Ölsardinen ... und für nichts gesorgt! Bezahlen laßt ihr euch zweimal soviel wie in der ersten Klasse, und füttern tut ihr sie mit Zwischendeckfraß! Möchte wissen, wer von uns eigentlich Seeräuber ist!"

„Also, mein verehrtes Fräulein ...", sagte der Offizier zu Frona. „Alles Gute! Ich hätte Sie gern an Land begleitet. Aber Sie sehen ja selbst: ein bißchen muß ich doch hier noch zusehen. Die Leute haben das gern. Jedenfalls können Sie sich darauf verlassen, daß ich für Ihr Gepäck sorge."

Sie drückte ihm die Hand und kletterte in das Boot. Es schwankte stark, im Augenblick waren die Bodenbretter überspült, und ihre Füße standen im Wasser. Sie blieb ganz ruhig, setzte sich auf die Steuerducht und zog die Beine hoch.

„Das geht ja nicht!" rief der Offizier von oben. „Kommen Sie zurück, Fräulein Welse! Sobald es möglich ist, lasse ich Sie mit einem von unseren Booten an Land bringen."

Er kletterte die Strickleiter hinunter und wollte das viel zu leichte Boot mit Gewalt zurückhalten, aber der Ruderer hatte für soviel Ritterlichkeit kein Verständnis und schlug ihm über die Knöchel.

„Willst mir meinen Passagier ausspannen? Hast wohl Sehnsucht nach dem Himmel?"

„Ein feierlicher Abschied!" rief Frona Welse ihm mit strahlendem Gesicht zu. „Haben Sie tausend Dank, Sie sind ein Ritter!"

„Das ist ein Weib!" sagte der Ritter vor sich hin und rieb seine getroffenen Fingerknöchel. Er hatte plötzlich Sehnsucht, immer in diese grauen Mädchenaugen zu sehen, hatte Lust, seinen Beruf über Bord zu werfen und mit ihr nach Klondike zu ziehen.

Ein falscher Riemengriff ... Platsch! hatte Frona eine dicke Hand voll Wasser mitten im Gesicht.

„Nur nichts übelnehmen", entschuldigte sich der Bootsmann. „Man tut, was man kann, aber es kommt nicht immer viel dabei heraus."

„Scheint mir doch so", lachte sie gutmütig.

„Ich mach' mir gar nichts aus der See", sagte der Mann bitter, „aber man muß sehen, wie man's wieder zu ein paar Dollars bringt. Wäre schon längst in Klondike, hab' aber verfluchtes Pech gehabt. Auf dem „Windigen Arm" hab' ich meine ganze Ausrüstung verloren ... beinahe hatte ich den Kram schon über den Paß hinübergeschafft."

Abermals: Schwupp, Platsch! Sie schüttelte sich das Wasser aus den Augen und fröstelte, als eine nasse Ladung ihr den warmen Rücken hinunterrann.

„Sie werden's schaffen!" sagte der Mann. „Sie sind aus dem richtigen Holz für dieses Land geschnitzt. Wollen Sie ganz hierbleiben?"

Sie nickte freundlich.

„Sie werden's schaffen! Also, wie gesagt, meine Ausrüstung ist da oben zum Teufel gegangen, und jetzt muß ich all das Zeugs neu zusammenbringen. Kann man da billiger rudern als für zwanzig Dollar die Fahrt? Wissen Sie, Fräulein, schlimmer als die andern bin ich auch nicht. Was meinen Sie, für diese alte Badewanne haben sie mir hundert Dollar aus den Zähnen gerissen. Drüben in den Staaten ist sie keine zehn wert. So ist es hier mit allem. Auf dem Weg nach Skaguay zahlt man Ihnen für einen alten Hufnagel einen Vierteldollar. Ein Mann geht in die Kneipe und trinkt einen Whisky, schmeißt zwei Hufnägel auf die Theke, und es ist o.k. Hufnägel sind da oben Scheidemünze."

„Sie müssen ein tüchtiger Kerl sein, daß Sie gleich noch einmal angefangen haben! Wie heißen Sie eigentlich? Vielleicht begegnen wir uns wieder einmal."

„Ich? Wie ich heiße? Also Del Bishop, Goldgräber. Wenn wir uns wieder begegnen, dann müssen Sie von vornherein wissen ... mein letztes Hemd geb' ich für Sie her, Fräulein! Entschuldigen Sie, ich meine natürlich, den letzten Bissen Brot geb' ich für Sie."

„Danke", sagte sie. „Das kam von Herzen. Das hört man gleich."

Er hielt einen Augenblick mit Rudern inne und fischte aus dem Wasser zu seinen Füßen eine alte Konservendose hervor.

„Schöpfen Sie lieber!" befahl er und warf ihr die Dose zu. „Leck war die Kiste schon vorher, aber vorhin hat sie noch eins abbekommen."

Frona machte sich gehorsam an die Arbeit. So oft sie sich bückte, hoben und senkten sich die Berge mit ihren Gletschern am Horizont. Hin und wieder ruhte sie aus und sah nach dem von Menschen wimmelnden Strand, auf den sie zusteuerten, und dann wieder auf die Bucht, in der an zwei Dutzend große Dampfer ankerten. Von jedem dieser Schiffe ging ein Strom von Leichtern, Kähnen, Kanus hin und her zum Lande. Sie dachte an die Hörsäle, in denen sie vor ein paar Wochen noch zu Füßen ihrer Lehrer gesessen hatte. Diese Welt hier war ihr lieber ... vor der hatte sie Respekt.

„Aber Sie haben mir Ihren Namen noch nicht gesagt", mahnte Bishop höflich.

„Ich heiße Welse", antwortete sie. „Frona Welse."

Sein Mund stand offen, er starrte sie an: „Dann ist ja ... Jacob Welse ... Ihr alter Herr?"

„Jawohl, wenn Sie nichts dagegen haben."

Er spitzte die Lippen, stieß einen Pfiff aus und ließ die Riemen gleiten. „Klettern Sie in den Stern und ziehen Sie die Beine hoch!" befahl er. „Geben Sie mir die Dose."

„Arbeite ich denn nicht ordentlich?"

„Doch, sehr gut sogar. Aber Sie sind ... Sie sind ...“

„Genau dasselbe, was ich vorher war. Rudern Sie weiter ... das ist Ihre Arbeit, und meine besorge ich.“

„Alle Achtung, Sie werden's schaffen“, murmelte Bishop und beugte sich wieder über die Riemen. “Jacob Welse ist Ihr alter Herr! Donnerwetter, das hätte man wissen sollen!“

Auf der sandigen Landzunge, im Gewimmel geschäftiger Menschen, die wie Ameisen hin und her ihre Lasten trugen, schüttelte sie dem Fährmann die Hand.

Er war sehr stolz. „Nicht vergessen, Fräulein, mein letzter Bissen Brot gehört Ihnen.“

„Und Ihr letztes Hemd auch! Vergessen Sie das nicht.“

„Ganz bestimmt!“

Als sie davongegangen war, sah er ganz entrückt seine Hand an, die sie gedrückt hatte.

„Das ist ein Mädel ... Donnerwetter!“

Das Trippeln auf städtischem Pflaster hatte ihre Füße nicht verdorben. Im Augenblick fand sie hier auf heimischem Strand die leichten, langen Wanderschritte wieder, die andere mit viel Mühe lernen müssen. Mehr als ein Goldgräber sah mit derselben Bewunderung wie Bishop auf ihre langen, elastischen Beine, aber die meisten blickten ihr ins Gesicht und freuten sich über den offenen, kameradschaftlichen Blick ihrer Augen. Wenn einer sie anlächelte, lächelte sie zurück, ermunternd, heiter, mitfühlend, je nachdem, aber immer kameradschaftlich.

Für sie schien die Zeit rückwärts gerollt, auf einmal war sie wieder in jenes Mittelalter zurückversetzt, in dem sie herangewachsen, in dem es keine Bahnen und Automobile, nur Karren und breite Bücken als Verkehrsmittel gab. Männer, denen man ansah, daß sie bisher nur mit der Aktenmappe unterm Arm spaziert waren, beugten sich unter schweren Lasten. Ihre Beine bewegten sich schwer und stolpernd, sie waren diese Anstrengung nicht gewöhnt, und ihre Gesichter perlten von Schweiß. Andere luden ihr Gepäck mit stillem Triumph auf vierrädrige Karren und schoben los, aber sie blieben stecken, wo der erste große Stein ihnen den Weg versperrte. Nach etlichem Kampf fügten sie sich dann den für Reisen in Alaska geltenden Grundsätzen, ließen den Karren stehen oder zogen ihn an den Strand zurück, um ihn zu einem fabelhaften Preis an die Chechaquos zu verkaufen, die noch später als sie gelandet waren. Neulinge wanderten mit zehnpfündigen Colt-Revolvern, Patronengürteln und Jagdmessern drauflos, aber bald merkten sie, wie unnütz diese Mordgepäckstücke waren. Revolver, Patronen und Messer garnierten ihre Spur.

Hier, an diesem Strand, den damals noch kein Strom goldgieriger Männer durchflutet hatte, war Frona Kind gewesen. Hier hatte sie im Grase gespielt und erschauernd gehört, wie das Echo ihre Stimme von Gletscher zu Gletscher trug und widerhallte. Über dieses Gras stapften jetzt zehntausend Männer rastlos hin und her. Zehntausend andere waren unterwegs über den Chilcoot. Abermals Zehntausend hatten die Pässe schon überwunden und marschierten zu dieser Stunde die Goldfelder an.

Die Dyea stürzte sich, wie in alten Tagen, rauschend und tosend ins Meer, aber an ihren Ufern quälten sich Männer in wogenden Reihen an Tauen und Riemen, schleppten schwer beladene Boote heran und löschten die Fracht.

Die Tür zu dem Laden, in dem einst Biberfänger oder Pelzhändler ihre bescheidenen Einkäufe gemacht hatten, war jetzt von einer lärmenden Schar von Kunden versperrt. Wo einst ein einsamer Brief Monate und Jahre darauf gewartet hatte, abgeholt zu werden, sah Frona jetzt die Post in Haufen liegen. Aufgeregte Leute schrien nach ihrer Korrespondenz. Auch die Waage vor der Theke war umlagert. Ein Indianer warf seinen Packen auf das Wiegebrett, ein weißer Beamter kritzelte das Gewicht in sein Notizbuch, ein neuer Packen flog heran, verschnürt und bereit, auf dem Rücken eines Mannes über den Chilcoot zu reisen.

Zu Fronas Zeiten war hin und wieder einmal das Gepäck eines Goldgräbers oder Händlers für sechs Cent das Kilo über den Chilcoot transportiert worden. Der Chechaquo, dessen Gepäck gerade abgewogen wurde, sah traurig in seine Brieftasche.

„Acht Cent“, bot er dem Indianer.

Großes Hohnlachen.

„Vierzig Cent“, verlangte die Rothaut.

Der Mann sah sich ängstlich um, mit tieftraurigem Gesicht. Er las das Mitgefühl in Fronas Augen und starrte sie an.

„Stellen Sie sich vor, Fräulein, drei Tonnen Gepäck hab' ich und soll vierzig Dollar für hundert Pfund bezahlen! Das sind 2400 Dollar für dreißig Meilen!" schrie er ganz verzweifelt. „Was soll ich tun?"

Frona riet ihm: „Bezahlen Sie die vierzig Cent, sonst schmeißen sie Ihnen den ganzen Kram vor die Füße."

Der Mann sagte: „Danke, Fräulein", befolgte aber ihren Rat nicht, sondern fing wieder an zu handeln. Der erste Indianer trat vor und streifte sich, ohne ein Wort zu sagen, die Tragriemen ab. Als der Goldsucher sich eben entschlossen hatte nachzugeben, erhöhten die Lastträger ihren Preis auf 45 Cent. Er lächelte trüb und nahm auch diese Forderung an, aber in diesem Augenblick trat ein anderer Indianer zu der Gruppe, flüsterte ein paar Worte, und gleich darauf ertönte ein Hurra.

Im Handumdrehen hatten alle Indianer ihre Lasten abgeworfen und liefen davon, um die Nachricht zu verbreiten, von dieser Stunde an koste die Fracht nach dem Lindermannsee fünfzig Cent!

Über den Platz vor dem Hause gingen drei Männer, nach denen alle Gesichter sich drehten und alle Hälse sich reckten. Sie waren schlecht gekleidet, eigentlich zerlumpt. In einem zivilisierten Gemeinwesen hätte der Dorfpolizist ihre Papiere sehr genau angeschaut, denn er hätte sie für Vagabunden gehalten.

„Der Franzosen-Louis!" flüsterte ein Chechaquo seinem Kumpan zu. „Besitzt drei Eldorado-Claims in einem Block! Seine zehn Millionen ist der schwer!"

Der Franzosen-Louis hatte irgendwo unterwegs seinen Hut verloren und durch ein ausgefranstes seidenes Tuch ersetzt. Trotz seinen zehn Millionen trug er das Gepäck selbst auf seinem breiten Rücken.

„Der mit dem Bart ist der Stromschnellen-Bill, auch einer von den Eldorado-Königen."

„Woher wissen Sie das?" fragte Frona mißtrauisch.

„Woher ich das weiß? Ich weiß es eben, verstehen Sie, Fräulein! Wenn einer sein Bild alle fünf Minuten in sämtlichen Zeitungen hat, dann weiß man eben, wie er aussieht."

„Wer ist der Dritte?" fragte sie. Ihr Berichterstatter stellte sich auf die Zehenspitzen.

„Den kenn' ich nicht", gestand er betrübt. Dann fragte er seinen Nebenmann.

„Du, der Magere, mit dem ausrasierten Vollbart, der mit dem Lappen ums Knie, wer ist das?"

In diesem Augenblick aber stieß Frona einen Freudenschrei aus und stürzte auf den Mann mit dem Vollbart zu.

„Matt! Mein lieber, alter Matt!"

Der Mann schüttelte ihr die Hand, aber sein Gesicht schien mißtrauisch. Er hatte keine Ahnung, mit wem er sprach.

„Du kennst mich nicht mehr, Matt? Untersteh dich, mir zu sagen, daß du mich nicht mehr kennst! Wenn nicht so viel fremde Leute hier wären, bekämst du jetzt auf der Stelle einen Kuß, daß du's nur weißt, alter Bär!"

„Natürlich, ich kenne Sie natürlich ... aber wenn Sie mich totschlagen, im Augenblick komme ich nicht darauf ..."

Sie zeigte auf das Haus, in dem sie geboren war.

„Jetzt hab' ich's!" rief er. Als er sie dann aber von oben bis unten gemustert hatte, war er wieder enttäuscht. „Kann nicht sein. Muß mich irren. In dem Stall da haben Sie nie gewohnt."

Frona nickte heftig mit dem Kopf.

„Dann bist du's also doch? Die kleine, blonde Hexe, immer barfuß und mit bloßen Beinen? Die ich immer hab' kämmen müssen?"

„Ja, ja!"

„Der kleine Satan, der mit dem Hundegespann durchgebrannt ist und mitten im Winter über den Paß wollte, weil ihr der alte Matt erzählt hatte, dort drüben höre die Welt auf?"

„Matt, lieber alter Matt! Und weißt du noch, wie ich mit den Mädchen aus dem Indianerlager schwimmen gegangen bin?"

„Und ich dich grade noch an den Wuscheln gekriegt hab', wie du schon am Ersaufen warst!"

„Und wie du dabei einen von deinen neuen Gummischuhen verloren hast?"

„Na, ob ich das noch weiß! Grade erst bei deinem Vater gekauft, da im Laden, für zehn Dollar, Gott erbarme sich meiner."

„Und dann bist du fortgezogen ... über den Paß ins Land hinein ... und hast nichts mehr von dir hören lassen. Alle Welt hat geglaubt, du wärst tot."

„Was du alles noch weißt! Und warst doch so ein winziges Frauenzimmer."

„Acht Jahre alt war ich."

„Laß mich mal nachrechnen, Mädel. Zwölf Jahre war ich drinnen im Land, heut' zum erstenmal wieder an der Küste. Dann hast du jetzt also deine zwanzig auf dem Buckel?"

„Und bin fast ebenso groß wie du, alter Matt!"

„Ein ausgewachsenes, großes Mädel und gar nicht so übel. So'n bißchen mehr Fleisch könntest du gern auf den Knochen haben."

„Mit zwanzig braucht man kein Fett. Fühle lieber hier!"

Sie streckte ihm den gebeugten Arm hin und zeigte ihre Muskeln.

„Donnerwetter!" Er griff tüchtig zu. „Als ob du fürs tägliche Brot geschafft hättest."

„Das nicht, aber Keulenschwingen, Boxen, Fechten! Außerdem Schwimmen, zwanzig Klimmzüge hintereinander! Und dann kann ich noch auf den Händen laufen!"

„Dann hast du deine Zeit nicht schlecht angewendet. Hier haben diese Kaffern erzählt, du wärst fortgereist, um da drüben Bücher zu büffeln."

„Das ist heute nicht mehr ganz so, Matt. Sie pfropfen einem den Kopf nicht mehr so voll, daß die Beine zu dünn werden, um ihn zu tragen. Aber du, was machst du, Matt? Was hast du in diesen zwölf Jahren alles getrieben?"

„Also schau mich an, Mädel. Wie ich vor dir stehe, bin ich Herr Matthew McCarthy, König Matt der Erste aus der Eldorado-Dynastie. Mein Besitz ist unbegrenzt, und ich hab' mehr Goldstaub gemacht, als ich je geträumt hätte. Jetzt hab' ich genug, jetzt möcht' ich wieder mal einen anständigen Whisky graben. Einen von der richtigen Sorte, ehe ich sterbe. Dazu fahre ich rüber in die Staaten, denn hier heraus kommt immer nur das gepanschte Zeug. Außerdem will ich mich nach meinen Vorfahren umsehen. Ich glaube bestimmt, daß ich welche habe. Wenn du im übrigen ein paar Pfund Goldstaub nötig hast, kannst du's mir ja sagen."

„Den hol' ich mir selbst, wenn ich welchen brauche."

Der Irländer Matt bahnte sich jetzt seinen Weg durch die Menge der Chechaquos, die ehrfürchtig vor ihm zur Seite wichen, und in seinem Fahrwasser segelte die leichte, kleine Frona. In den Augen all dieser Leute waren sie beide eine Art Götter des Nordens.

„Der Eldorado-König Matt McCarthy und eine richtige Welse, wirklich und wahrhaftig, eine Tochter von Jacob Welse!“

Sie trat aus dem glitzernden Birkenwald heraus und flog leicht über die betaute Wiese dahin, während die ersten Sonnenstrahlen auf ihrem flatternden Haar flammten. Die Erde strotzte von Feuchtigkeit und quoll unter ihren Füßen, und die nassen Pflanzen schlugen ihr gegen die Knie, daß flüssige Diamanten leuchtend sprühten. Die Morgenröte färbte ihre Wangen und funkelte in ihren Augen, und sie glühte von Jugend und Liebe. Denn da sie keine Mutter gehabt, war sie am Busen der Natur aufgewachsen, und sie liebte die alten Bäume und die Schlingpflanzen leidenschaftlich. Das undeutliche Gemurmel erfreute ihr Ohr, und der feuchte Brodem der Erde stieg ihr süß in die Nase.

Dort, wo der obere Teil der Wiese in einem dunklen, engen Waldweg verschwand, fand sie zwischen langstengeligem Löwenzahn und leuchtenden Butterblumen ein Büschel Alaska-Veilchen. Sie warf sich der Länge nach zu Boden, begrub ihr Antlitz in der duftenden Kühle und preßte die purpurne Pracht an sich. Sie schämte sich nicht. Sie war zu den komplizierten Lebensbedingungen der großen Welt, zu ihrem Schmutz und zu ihrer verderblichen Hitze gewandert und war einfach, rein und gesund wiedergekehrt. Und sie freute sich dessen, wie sie jetzt dalag und zurückglitt zu den alten Tagen, als die Welt mit dem Horizont begonnen und geendet hatte und sie über den Paß gereist war, um den Abgrund zu schauen.

Fronas Kindheit war unter sehr harten Bedingungen verlaufen. Es hatte nur wenige, aber strenge Bindungen für sie gegeben, die sie später den „Brot- und Bettglauben“ nannte. Das war, soviel ihr bekannt war, auch der Glaube ihres Vaters gewesen, von dem sie im übrigen wußte, daß sein Name unter den Männern einen guten Klang hatte. Es war der Glaube, mit dem starke, reine Männer jeder Gefahr trotzten oder in den Tod gingen, der Glaube Jacob Welses und Matt McCarthys, der Indianerjungen, mit denen sie gespielt hatte, der Indianermädchen, deren Feldherrin sie im Amazonenkrieg gewesen, der

Wolfshunde sogar, die sich in den Strängen mühten und Schlitten über den Schnee zogen. Das war ein gesunder Glaube, greifbar und gut.

Ein Rotkehlchen zirpte aus dem Birkenwald, ein Rebhuhn schwirrte im Walde auf, ein Eichhörnchen schoß über ihrem Kopf mit sicherem Sprung von einem Baum zum anderen. Der Tag begann. Vom Fluß her, den sie nicht sah, tönten die Rufe der Glücksjäger, die sehr früh das Lager verlassen hatten und anfingen, sich ihren schweren Weg nach Norden zu erkämpfen.

Als Frona Gras und Blumen lange genug umarmt hatte, stand sie auf und schlug den alten Weg nach dem Lager des Dyea-Stammes ein. Sie begegnete einem Knaben, der bis auf die geflickten Hosen ein nackter Bronzegott war. Er suchte Holz und sah sie bös an. Sie sagte ihm in der Dyea-Sprache guten Morgen, aber er lachte frech, und als sie weiterging, streckte er ihr die Zunge heraus. So war es früher nicht gewesen. Als sie dann einem großen, finster blickenden Sitka-Indianer begegnete, grüßte sie nicht.

Am Rande des Waldes sah sie das Lager vor sich liegen, aber nicht das alte Lager mit seinen zwanzig oder dreißig Hütten, die unordentlich über das Gelände verstreut waren. An seiner Stelle befand sich da ein mächtiges Dorf. Es reichte bis zum Flußufer hinab, wo die langen Kanus, je zehn oder zwölf in einer Gruppe, lagen. Von weither waren die Stämme hier zusammen gekommen. Sie sah lauter fremde Indianer mit ihren Weibern und Hunden, ihrem Hab und Gut. Frona erkannte Männer aus Juneau und Wrangel, Styx mit brennenden Augen von jenseits des Passes, kriegerische Chilcoots und Eingeborene der Königin-Charlotte-Insel. Die meisten musterten sie finster, fast zornig; ein paar freche Halunken riefen ihr unanständige Worte zu.

Sie kränkte sich nicht, aber sie stellte mit Trauer fest, daß die Zeiten unter dem patriarchalischen Zepter ihres Vaters vorbei waren. Wie ein scheußlicher Brand war die Zivilisation über dieses Volk hinweggegangen. Durch eine offene Zelttür sah sie ausgezehrte Gestalten im Kreise auf dem Fußboden hocken. Vor dem Zelt lag ein Haufen zerbrochener Flaschen ... Zu ihres Vaters Zeit hatten die Indianer kein Feuerwasser und keine Flaschen gekannt. Auf einer Decke, die als Spieltisch diente, verteilte ein weißer Mann mit gemeinen Zügen Spielkarten, Gold- und Silbermünzen kullerten auf der Decke umher. Ein paar Schritte davon schnurrte ein Glücksrad. Indianer, Männer und Frauen, setzten ihre mühsam verdienten Groschen, um prunkvolle Gewinne zu ergattern, die ihnen nichts nützen konnten. Aus Wigwams und Hütten kamen die brüchigen Töne billiger Spieldosen.

Vor der offenen Tür ihres Wigwams hockte eine alte Squaw im Sonnenschein und schälte Weidenzweige. Als Frona vorbeiging, hob sie den Kopf und stieß einen schrillen Schrei aus. Dann murmelte sie mit zahnlosem Mund:

„Hi – hi! Tenas Hi-hi!"

Es durchrieselte Frona bei diesem Wort. „Tenas Hi-hi!" Das war ihr Name gewesen ... es bedeutete „das kleine Lachen" ... damals, als sie hier unter den Indianern gelebt hatte. Sie drehte sich um und kauerte neben der Alten nieder.

„Sag rasch, Mutter, sag mir rasch deinen Namen!"

„So schnell hast du uns vergessen, Tenas Hi-hi? Und doch sind deine Augen jung und scharf. Nipuhsa hat müde alte Augen, aber ihr Herz vergißt nicht so rasch."

„Du bist meine alte Nipuhsa!" rief Frona und streichelte die schmutzigen Runzelhände.

„Freilich bin ich Nipuhsa, die dich in den Armen gewiegt hat! Deinen Namen habe ich dir auch gegeben, kleines Lachen, und wenn die alte Nipuhsa nicht Kräuter für dich gesammelt hätte, für Medizintee, dann wärst du gar nicht hier, denn einmal hat der Tod dich haben wollen. Dein Schatten ist auf mich gefallen, kleines Lachen, da hab' ich gleich gewußt, daß du es bist. Du hast noch dasselbe Haar, wie brauner Tang, und denselben Mund und dieselben Augen. Nipuhsa war oft streng mit dir, wenn dein Mund Worte sprechen wollte, die Lüge waren. Aber du hast immer gewußt, daß Nipuhsa dich lieb hat. Ai, ai! Ganz anders sind die weißen Frauen, die jetzt ins Land kommen!"

„Hat eine weiße Frau keine Ehre mehr unter euch?" fragte Frona. „Eure Männer werfen böse Dinge in mein Ohr, und sogar die Knaben lachen ein häßliches Lachen, wenn sie mich sehen. So war es nicht, als ich hier ein Kind war."

„Ai, ai! Es ist, wie du sagst, kleines Lachen. Aber du mußt kein zorniges Wort auf ihre Häupter werfen. Die weißen Frauen sind schuld daran, die jetzt zu uns kommen. Sie sehen alle Männer mit frechen Augen an; ihre Herzen sind unrein, und sie haben keinen Mann, auf den sie weisen können und sagen: „Dies ist mein Herr." Deshalb sind deine Frauen unter uns ohne Ehre."

Jetzt wurde ein Zeltzipfel gehoben, ein alter Mann trat hervor, grunzte etwas und kauerte sich zu den beiden.

„So ist Tenas Hi-hi wiedergekommen in diesen schlimmen Tagen“, sagte er mit dünner, zitternder Stimme.

„Warum sind die Tage schlimm, Muskim?“ fragte Frona. „Sind eure Bäuche nicht voll vom Mehl und Fleisch und von dem Proviant des weißen Mannes? Verdienen eure jungen Männer nicht Reichtümer mit Lastentragen und Paddeln? Und bringen sie dir nicht, wie in alter Zeit, ihr Opfer der, Fleisch, Fische und Decken? Haben eure Weiber nicht Tücher in hellen, gleißenden Farben? Warum sind die Tage schlimm?“

Der alte Medizinmann war erregt. In seine Augen trat ein Schimmer, der an die Glut seiner Mannesjahre gemahnte.

„Unsere Frauen tragen Tücher in hellen, gleißenden Farben! Aber sie schauen nur nach den Augen der weißen Männer, und die jungen Männer ihres eigenen Blutes sehen sie nicht. Deshalb vermehren unsere Stämme sich nicht; die kleinen Kinder hindern unsere Schritte nicht mehr. Die Bäuche sind voll vom Mehl und Fleisch und vom Proviant des weißen Mannes, aber sie sind noch voller vom Fusel des weißen Mannes. Wohl verdienen unsere jungen Männer Reichtümer mit Lastentragen und Paddeln. Aber sie sitzen nachts beim Kartenspiel und lassen die Dollars wieder dahin rollen, in die Tasche des weißen Mannes, aus der sie gekommen sind. Sie sprechen böse Worte zueinander, heben oft die Fäuste im Zorn, und ihr Blut ist böse geworden. Nur wenige bringen dem alten Medizinmann Opfergaben, Fleisch, Fische und Decken. Die jungen Frauen gehen nicht mehr die alten Wege, die jungen Männer ehren nicht mehr die alten Totems und die alten Götter. Deshalb sind es schlimme Tage, Tenas Hi-hi, und mit Kummer muß der alte Muskim ins Grab gehen.“

„Ai! Ai! So ist es!“ klagte Nipuhsa.

„Dein Volk ist toll und hat mein Volk toll gemacht“, fuhr Muskim fort. „Es kam wie böser Wind über das salzige Wasser, dein Volk, und es geht – ach – wer weiß, wohin!“

„Ai, wer weiß, wohin?“ jammerte Nipuhsa und schaukelte leise hin und her.

„Immer gehen sie Frost und Kälte entgegen. Und immer zahlreicher kommen sie, Woge um Woge!“

„Ai! Ai! Frost und Kälte entgegen! Es ist ein weiter Weg, dunkel und kalt!" Nipuhsa schauerte und legte ihre Hand auf Fronas Arm. „Und du gehst auch dorthin, Frost und Kälte entgegen?"

Frona nickte nur.

„Das kleine Lachen geht auch! Ai! Ai! Ai!"

Plötzlich stand der alte Matt vor Frona.

„Seit einer halben Stunde wartet das Frühstück auf dich, und Andy, die alte Hexe, jammert und tobt ... Guten Morgen, Nipuhsa, guten Morgen, Muskim", sagte er zu den Indianern. „Eure Augen haben mein altes Gesicht wohl vergessen?"

Die beiden grunzten einen Gruß, dann saßen sie schweigend und unbeweglich da.

„Jetzt aber schnell, Frona! Mein Dampfer geht um Mittag, und ich möchte noch ein bißchen von dir haben!"

Fronas Ausrüstung war auf den Rücken von einem Dutzend Indianern unter der Aufsicht Bishops schon vor mehreren Stunden abgegangen. Sie selbst trug einen kleinen Reiseranzen und ihren Photoapparat, als Bergstock einen Weidenstab, den Nipuhsa ihr zurechtgeschnitzt hatte. Mit Del Bishop war sie sehr rasch handelseinig geworden. Als sie von dem Frühstück mit Matt McCarthy zurückgekehrt war, hatte der Ruderer sie im Laden erwartet.

„Sie wollen ins Land hinein. Das will ich auch. Sie brauchen einen Mann zur Begleitung. Wenn Sie noch keinen besseren gefunden haben, bin ich gerade der richtige. Ich war schon mal drin im Land, ich weiß Bescheid. Fürchten tu ich mich vor dem Teufel nicht, und wenn Ihnen einer was tun will, dann muß er erst mit Del Bishop fertig werden. Das ist nicht leicht. Wenn wir glücklich bei Jacob Welse angekommen sind, legen Sie ein gutes Wort für mich ein, und er gibt mir die Ausrüstung für ein Jahr. Einverstanden? Damit Schluß. Über den Proviant hinaus laß ich mir nichts bezahlen."

Ehe Frona noch ihre Zustimmung gegeben hatte, war er schon bei der Arbeit und suchte die besten Packträger aus. Sie merkte sofort, daß er wirklich etwas von der Sache verstand. Frona marschierte mit ihrem Ranzel besser als die meisten Goldgräber, die sich schwer beladen hatten und alle hundert Schritte haltmachen mußten. Trotzdem fiel es ihr schwer, mit sechs jungen Schweden Schritt zu halten, in deren Spur sie ging. Das waren gewaltige Gesellen, blonde

Riesen, und jeder trug seine hundert Pfund auf den Schultern. Außerdem schoben und zogen sie einen schweren Karren, der mit weiteren sechshundert Pfund beladen war. Ihre Gesichter waren lachende Sonnen, sie strahlten von Lebenslust. Das Marschieren, Schleppen und Schieben war ihnen Kinderspiel. Sie sangen laut und warfen den Vorbeikommenden in ihrer Sprache lustige Grüße zu. Wenn sie lachten, dröhnte jede Brust wie ein Cello.

Sie überholten alles; die Menschen traten beiseite, um sie vorüberzulassen, und sahen ihnen neidisch nach. Wenn es bergauf ging, setzten sie sich aus lustigem Trotz in Trab; bergab ließen sie die eisenbeschlagenen Räder ihres Wagens über das Gestein rasseln, daß Funken sprühten. Singend und lachend bahnten sie sich den Weg durch eine dunkle Waldstrecke, bis sie zu der Furt im Flusse kamen.

Am Ufer lag ein Ertrunkener und starrte unbeweglich in die Sonne. Ein Mann stand neben ihm und fragte aufgeregt:

„Wo ist sein Kamerad? Hat er keinen Kameraden gehabt?“

Zwei andere hatten ihre Lasten abgeworfen und nahmen Inventar vom Besitz des Toten auf. Der eine rief laut die verschiedenen Gegenstände aus, der andere notierte sie auf ein Stück schmutziges Packpapier. Über den Sand waren Briefe und aufgeweichte Schriftstücke zerstreut. Auf einem ausgebreiteten Taschentuch lag der Barbestand des Toten: ein paar Goldmünzen und viel Kupfer. Viele Männer, die in Kanus und Booten über den Fluß fuhren, nahmen gar keine Notiz von der Sache. Die Schweden aber wurden für einen Augenblick ernst.

„Wo ist sein Kamerad? Hat er keinen Kameraden gehabt?“ fragte auch sie der aufgeregte Mann. Sie schüttelten die Köpfe. Sie verstanden kein Englisch. Dann wateten sie in das Wasser hinein.

Vom andern Ufer herüber rief jemand eine Warnung. Sie blieben stehen und berieten sich. Dann gingen sie weiter. Die beiden Männer, die das Verzeichnis vom Eigentum des Toten aufnahmen, unterbrachen ihre Arbeit und sahen den Schweden nach. Sie standen jetzt bis zum Gürtel in der reißenden Strömung, mit Riesenkräften an den Karren geklammert, der den Wellen eine gewaltige Fläche bot. Sie kämpften furchtbar, dann schien das schlimmste Stück überstanden. Als das Wasser den beiden vordersten Riesen nur noch bis zu den Knien reichte, riß dem dritten plötzlich ein Tragriemen durch. Seine Last warf sich mit einem Ruck auf die linke Schulter; er wollte sich dagegen stemmen und verlor das

Gleichgewicht. Im selben Augenblick stolperte der zweite, griff hilfesuchend um sich, und einer zog den andern in die Flut. Die beiden folgenden Männer verloren den Halt, denn jetzt war die Karre umgestürzt und wurde über die Furt hinaus ins tiefe Wasser gerissen.

Ein paarmal tauchten die Männer wieder auf und warfen sich rückwärts in die Tragriemen. Aber sie wurden ihre Lasten nicht los, sie kämpften wie Helden, aber es stieg über menschliche Kräfte. Zoll um Zoll sanken sie wieder unter. Ihre Rucksäcke, die sich voll Wasser gesogen hatten, hingen wie steinerner Ballast an ihnen. Nur der eine Mann, dessen Tragriemen gerissen war, wurde seiner Last ledig, aber er versuchte nicht, das Ufer zu gewinnen, sondern blieb bei seinen Kameraden. Fünfzig Meter stromabwärts zerstäubte die Flut an einem zackigen Felsriff; hier kamen sie noch einmal zum Vorschein. Zuerst der halb zerschmetterte Karren, dann die Männer in einem gräßlichen Gewirr von Köpfen, Armen und Beinen. Das Wasser schmetterte sie gegen die Klippen und spülte sie über das Riff.

Ein Dutzend Kanus war den unglücklichen Schweden nachgefahren; auch Frona war unter denen, die retten wollten. Sie sah einen der jungen Riesen mit blutüberströmten Händen nach dem Felsen greifen, sah sein weißes Gesicht und seinen verzweifelten Kampf. Der einzige seiner Kameraden, der noch schwimmen konnte, stürzte sich mit mächtigen Bewegungen auf ihn zu. Seine Hand hatte ihn fast schon erreicht – da schleuderte auch diesen Mann eine Sturzwelle ins Gebrodel.

Den einen schwimmenden Mann nahm ein Kanu auf; alle andern erdrosselte die Flut. Eine Viertelstunde lang fuhren die Boote fruchtlos auf und ab, dann fanden sie die Toten im Schlamm stecken. Man nahm ein paar Pferde von einem Transportzug am Ufer, umschlang die Leichen mit einer Leine, und so wurde die schreckliche Last an Land gezogen. Frona sah die fünf jungen Riesen mit gebrochenen Gliedern schlaff und regungslos im Schlamm liegen. Sie waren immer noch vor die Karre gespannt; die armseligen triefenden Lasten hingen noch an ihren Rücken. Der sechste saß mit trockenen Augen betäubt in der Mitte.

Ein paar Schritte entfernt von ihnen floß der Strom des Lebens wie immer. Frona schloß sich ihm an und zog weiter.

Die dunklen, mit Rottannen bestandenen Berge stießen am Dyea-Paß zusammen. Die Füße der Menschen zerstampften die feuchte Erde, auf die nie ein Sonnenstrahl fiel, zu Schlamm und Morast. Viele Fußwege zogen durch die feuchte Wüste. Auf einem dieser Wege traf Frona einen Mann, der sich nachlässig in den Schmutz geworfen hatte. Er lag auf der Seite mit gespreizten Beinen, von einer schweren Last zu Boden gedrückt. Seine Wange ruhte in dem weichen Schlamm wie auf einem Kissen. Er sah müde und zufrieden aus. Als er Frona sah, wurde sein Gesicht noch heller; er grüßte sie mit den Augen.

„Höchste Zeit, daß Sie kamen", begrüßte er sie. „Ich warte schon eine Stunde auf Sie."

Frona beugte sich über ihn.

„Machen Sie mir nur den Riemen los, liebes Fräulein", bat er, „ein verdammtes Ding! Die ganze Zeit habe ich ihn nicht zu fassen gekriegt."

„Sind Sie verletzt?" fragte sie.

Er schlüpfte aus dem Riemen heraus und befühlte seinen verdrehten Arm.

„Nein, gesund wie ein Fisch! Auch der Arm, Gott sei Dank."

Er streckte die schmutzige Hand nach einer niedrigen Tanne aus und wischte sie an den Zweigen ab.

„Also stellen Sie sich vor, ich stolpere über diese kleine Dreckwurzel da, und – bums! – liege ich wie eine Schildkröte mitten im Dreck und kann den Riemen nicht zu fassen kriegen. Eine ganze Stunde liege ich schon so da; die andern ziehen da unten vorbei, und keiner sieht mich. Immerhin, ich hab' mich ausgeruht."

„Warum haben Sie niemand gerufen?"

„Daß einer zu mir heraufklettern soll? Die armen Teufel haben mit sich selbst genug zu tun! Wenn ich mir vorstelle, mich läßt einer da heraufkrabbeln, nur weil er ausgerutscht ist ... Aus dem Dreck herausziehen würd' ich ihn schon, aber dann ihm das Fell vertobaken und ihn zuletzt wieder hineinschmeißen. Außerdem konnte ich mir ja denken, daß schließlich auch mal hier jemand vorbeikommt."

„Sie passen hierher! Sie sind der richtige Mann für dies Land."

„Bin ich auch!“ sagte er, wuchtete seinen Packen auf die Schulter und trabte los. „Auf jeden Fall hab' ich mich ordentlich ausgeruht.“

Der Weg ging jetzt steil abwärts durch einen Morast zum Flußufer. Eine schlanke Kiefer lag als Brücke über dem tosenden Schaum. In der Mitte bog sich der Stamm so tief, daß er das Wasser berührte. Wellen schlugen dagegen und setzten ihn in zitternde Bewegung. Die Stiefel der Packträger hatten seine vom Wasser überspülte Oberfläche glattgeschliffen. Über zwanzig Meter maß diese schwankende, gefährliche Brücke. Frona betrat sie, fühlte, wie das Vibrieren unter ihrem Gewicht heftiger wurde, hörte das Rauschen des Wassers, sah das wilde Tosen – und schauderte zurück.

Sie hockte sich am Weg nieder und tat, als wäre sie mit ihrem Schuhwerk beschäftigt, denn Indianer traten aus dem Wald hervor. Vier kräftige Männer schritten voran, ihnen folgte eine Schar von schwer belasteten Frauen mit Kindern, und den Schluß machte ein Dutzend Hunde, denen die Zunge zum Halse heraushing. Auch die Hunde und sogar die kleinsten Kinder waren bepackt.

Im Vorbeigehen machte einer der Männer eine Bemerkung über Frona. Sie verstand die Worte nicht, aber das helle Kichern, das durch den ganzen Zug lief, trieb ihr die Schamröte in die Wangen.

Der Führer trat beiseite; dann beschritt einer nach dem andern den gefährlichen Pfad. Keiner durfte antreten, ehe der letzte jenseits das Ufer erreicht hatte. In der Mitte, wo der Stamm sich bog, wurde er vom Gewicht des Menschen tief unter die Wasserfläche gedrückt. Es war schwer, den Halt zu wahren, wenn der kalte, reißende Strom die Knöchel überspülte. Aber selbst die Kleinen gingen ohne Zögern hinüber, nur die Hunde winselten und mußten getrieben werden. Als der Führer schon den Stamm betreten hatte, drehte er sich zu Frona um:

„Dort oben ist der Weg für Pferde“, sagte er und wies auf die Bergwand. „Du gehst besser den Weg für Pferde! Das hier ist nichts für dich.“

Frona schüttelte den Kopf und wartete, bis er am anderen Ufer stand. Dann setzte sie den Fuß auf den Baumstamm und schritt in den wirbelnden Schaum hinein, während die Augen des fremden Volkes auf ihr ruhten. Ihr Herz krümmte sich vor Angst, aber so viel war sie ihrem Stolz und ihrer Rasse schuldig.

Sie traf einen Mann, der weinend am Wegrand saß. Er hatte einen Schuh ausgezogen; sein Fuß war geschwollen und wundgelaufen. Rings um ihn lag sein schlecht verschnürtes Gepäck zerstreut.

„Kann ich Ihnen helfen?“ fragte sie.

„Mir kann keiner mehr helfen. Der Rücken ist beinahe gebrochen, die Füße sind kaputt.“ Er heulte laut: „Meine Kameraden haben mich im Stich gelassen und sind weitergezogen. Aber ich komm' keinen Schritt mehr von der Stelle. Ach, meine Frau, meine Kinder! Ich hab' sie in den Staaten gelassen ... nie werde ich sie wiedersehen. Ich muß sterben, was soll ich sonst nur tun? Was soll ich nur tun?“

„Warum haben Ihre Kameraden Sie verlassen?“

„Weil ich nicht so stark bin wie sie. Weil ich nicht so schleppen kann wie sie. Ausgelacht haben sie mich und sind weitergegangen.“

„Aber Sie sind stark und jung, Sie wiegen mindestens Ihre hundertfünfzig Pfund und haben kein Fett am Leib.“

„Hundertfünfundfünfzig.“

„Hat Ihnen je was gefehlt?“

„Nein.“

„Und Ihre Kameraden? – Sind das alte Goldgräber?“

„So wenig wie ich. Wir haben im selben Geschäft gearbeitet. Wir kennen uns seit Jahren! Und da gehen sie hin und lassen mich einfach im Dreck liegen, damit ich krepiere.“

„Mein lieber Mann“, sagte Frona streng, „Sie könnten genau dasselbe leisten, aber Sie sind weichlich, Sie haben Mitleid mit sich selbst. Sie können nicht mit, weil Sie nicht wollen. Das ist kein Land für Sie. Hier braucht man andere Männer! Die Knochen haben nichts zu sagen, auf das Herz kommt's an, und das haben Sie nicht. Verkaufen Sie Ihren Kram, und fahren Sie nach Hause zu Ihren Kindern. Hier können wir Sie nicht brauchen, hier gehen Sie ein, und was hat Ihre Familie dann? Machen Sie, daß Sie in drei Wochen wieder zu Hause sind, und schlagen Sie sich die Goldgräberei aus dem Kopf! Leben Sie wohl.“

Die Mittagssonne brannte auf das Felsgewirr nieder, das die „Steinerne Waage“ heißt. Zu beiden Seiten erhoben sich vom Eis gefurchte Erdriffe nackt und in ihrer Nacktheit stark. An der Wand des sturmumbrausten Chilcoot-Felsens kroch eine Reihe von Männern empor, eine dünne, endlose Kette. Vom Rande des verkrüppelten Waldes unten zog sie sich wie ein schwarzer Strich über die blendende Eisfläche, bewegte sich im Schneckentempo die steile Böschung hinan, wurde immer schwächer und dünner, bis sie wie eine Kolonne von Ameisen jenseits des Passes verschwand.

Während Frona am Wege kauerte und ihr Frühstück verzehrte, hüllte sich der Chilcoot in wallende Nebel und wirbelnde Wolken. Dann brach ein Unwetter, von Hagel krachend, auf die mühselig vordrängenden Zwerge ein. Das Tageslicht erlosch, aber Frona wußte: immer weiter, immer weiter zog sich dort oben die lange Reihe von Ameisen hin, an den Berg geklammert, unermüdlich, immer tiefer in die Wolken hinein. Der ewige Wille zum Sieg dieser Menschen durchbebte sie. Jetzt trat auch sie in die Reihe ein, die aus dem Sturm hinter ihr auftauchte und im Sturm vor ihr verschwand.

Auf der Höhe des Passes wurde sie gepackt: ein Wirbelwind aus dampfendem Nebel drückte sie zu Boden. Auf Fäusten und Knien kroch sie die mächtige Vulkanrinne des Chilcoot-Tals vorwärts, stundenlang. Dann endlich erreichte sie die öden Ufer eines Kratersees. Die Flut war aufgewühlt und mit weißem Schaum bedeckt. Hundert kleine Haufen von Gepäck warteten am Ufer darauf, übergesetzt zu werden, aber es ging kein Boot über den See.

Ein elendes Skelett aus Holzrippen mit einem Segeltuchüberzug lag auf dem Felsen. Daneben hockte ein junger Bursche mit schwarzen Augen und hellem Gesicht. Ja, er sei der Fährmann, sagte er, aber für heute hätte er die Arbeit niedergelegt. Fünfundzwanzig Dollar nahm er sonst für die Überfahrt, aber heute fuhr er nicht mehr.

„Bei diesem Sauwetter, was denken Sie denn?“

„Aber mich setzen Sie doch noch über?“

„Dort drüben ist es noch schlimmer, als man von hier aus glaubt. Nicht einmal die großen Holzboote kommen durch; das letzte hat der Sturm an die Westküste geworfen. Eine ganze Ladung von Trägern ist an Bord, von hier aus hat man alles sehen können. Von da, wo sie jetzt liegen, kommen sie nicht weiter. Da müssen sie lagern, bis der Sturm vorbei ist. Das machen wir nicht, Fräulein.“

„Aber mein Lagergerät ist schon in Happy Camp, hier kann ich doch nicht bleiben“, sagte Frona mit verführerischem Lächeln. „Seien Sie ein Mann und bringen Sie mich hinüber.“

„Nein.“

„Ich gebe Ihnen fünfzig.“

„Nein, sage ich.“

„Ich bin ein Mädel, aber ich habe keine Angst!“

Der Bursche fuhr auf und kehrte sich gegen sie mit zornfunkelnden Augen. Die Worte, die ihm auf der Zunge lagen, behielt er für sich, aber Frona konnte sie von seinem Munde lesen. Gegen den Sturm gebeugt, standen sie nebeneinander wie Seeleute auf schwankendem Deck und sahen einander trotzig in die Augen. Ihm klebte das Haar in nassen Locken um die Stirn; das ihre peitschte in triefenden Strähnen um ihr Gesicht.

„Also los!“

Der Bursche schob mit einem wütenden Ruck sein Boot ins Wasser und warf die Riemen hinein.

„Steigen Sie ein! Aber nicht für fünfzig Dollar. Sie bezahlen denselben Preis wie alle andern.“

Ein Windstoß packte die Nußschale. Die Breitseite voraus, flog sie sechs Meter weit über das Wasser. Frona nahm die Schöpfkelle zur Hand, schwere Spritzer klatschten den beiden in die Gesichter, stachen und brannten in ihre Haut.

„Hoffentlich treiben wir nicht an Land“, keuchte er und beugte sich über die ächzenden Riemen. „Wäre kein Vergnügen für Sie.“

Dabei sah er sie wütend an.

„Wir werden schon nicht“, sagte Frona und lächelte.

Sie traten auf schlüpfrige Felsen, als das Boot sein Ziel erreicht hatte. Zu beiden Seiten erhoben sich triefende Steinwände, der Regen brauste immer noch nieder wie aus unerschöpflichen Mulden.

Frona wollte helfen, das Boot zu bergen.

„Machen Sie lieber, daß Sie vorwärts kommen“, brummte der Fährmann. „Von hier bis Happy Camp sind es noch zwei Meilen, aber ein Weg für Ziegen oder

Affen. Kein Wald mehr. Sie werden noch Ihr Wunder erleben. Also vorwärts! Auf Wiedersehen!"

Frona drückte ihm die Hand und sagte: „Sie sind ein tapferer Kerl!" Dann marschierte sie drauflos. Und der tapfere Kerl sah ihr bewundernd nach.

Happy Camp bestand aus einem Dutzend Zelten, die sich am äußersten Rande der Baumgrenze mit spitzen Pfählen wie verzweifelt in den Boden krallten. Frona ging, ausgepumpt von den wilden Strapazen dieses Tages, von Zelt zu Zelt. Der Wind stieß sie vor sich her; ihr nasser Rock hing wie Blei an den Hüften. Einmal hörte sie durch die Leinenwände einen Mann ungeheuerlich fluchen und dachte beseligt: das ist Bishop! Aber als sie hineinsah, hatte sie sich geirrt. Erst das letzte Zelt des Lagers schien ihr einladend. Sie lüftete die Zelttür: drinnen lag ein Mann auf den Knien und blies mit aller Kraft in die Glut eines rauchenden Öfchens.

Frona trat ein. Nasser Rauch schlug ihr in den Mund, sie mußte husten. Da erst bemerkte der Mann, daß er einen Gast bekommen hatte.

„Binden Sie die Klappe wieder zu, und machen Sie sich's bequem", sagte er, ohne seine Beschäftigung zu unterbrechen.

Ein Haufen Zwergkiefernzweige lag, in passende Stücke zerhackt, aber naß, neben dem Ofen. Frona sah, daß er nicht genügend gefüllt war, hockte sich nieder und legte sachverständig die feuchten Scheiter auf. Der Mann erhob sich, hustete den Rauch aus und sah Frona mit geröteten Augen an.

„Trocknen Sie Ihr Zeug", sagte er. „Ich sorge für Abendbrot."

Er goß Wasser aus einem Eimer in die Kaffeekanne und stellte sie auf den Ofen. Dann ging er mit dem Eimer hinaus, um ihn neu zu füllen. Als er verschwunden war, griff Frona nach ihrem Ranzen, und als er wiederkam, stand sie in einer trockenen Bluse da und wrang die nasse aus. Während er in der Proviantkiste nach Tellern und Bestecks kramte, spannte sie eine Leine zwischen den Zeltstangen aus und hängte ihre Wäsche zum Trocknen auf.

Die Teller waren schmutzig. Während der Mann gebückt dastand und sie wusch, wechselte sie auch noch die Strümpfe und zog ein Paar feiner, weicher Mokassins an. Das Feuer brannte jetzt. Bisher hatten die beiden kaum ein Wort gesprochen. Der Mann benahm sich, als sei es das Natürlichste von der Welt, daß ein junges Mädchen in Nacht und Unwetter zu ihm hereingeschneit kam.

Frona nahm ein- oder zweimal einen Anlauf, um etwas zu sagen, aber er schien ihre Anwesenheit vergessen zu haben, und so schwieg sie.

Nachdem er mit der Axt eine Dose Pökelfleisch geöffnet hatte, warf er ein Dutzend Speckscheiben in die Pfanne. Dann kochte er Kaffee und holte aus der Proviantkiste einen kalten schweren Pfannkuchen hervor. Diese Delikatesse prüfte er zweifelnd und sah dabei Frona an. Dann schmiß er das klitschige Ding zum Zelt hinaus und warf eine Handvoll Schiffszwieback auf ein Wachstuch, das auf dem Boden lag und als Eßtisch dienen sollte. Die Zwiebäcke waren zerkrümelt, vom Regen aufgeweicht; sie bildeten einen schmutzig weißen Brei.

„Mehr habe ich nicht, das da muß als Brot gelten."

„Einen Augenblick!" Ehe er protestieren konnte, hatte Frona die Schiffszwiebacke auf das siedende Fett und den Speck in der Pfanne geworfen. Sie goß ein paar Tassen Wasser dazu und verrührte alles über dem Feuer. Als es einige Minuten lang aus der Pfanne geschluchzt und geseufzt hatte, schnitt sie das Pökelfleisch in Scheiben und tat es zu dem übrigen, salzte und pfefferte. Ein angenehmer Duft stieg aus der Pfanne auf. Als er nun seinen Teller auf dem Knie balancierte und das Gericht kostete, sagte er:

„Das schmeckt, Donnerwetter, wie das schmeckt! Wie nennen Sie das?"

„Goldgräbersalat", sagte sie kurz, und dann aßen sie beide wie hungrige Wölfe.

Nach und nach hatten Fronas Augen sich an den Rauch und das Halbdunkel gewöhnt, schweigend studierte sie das Gesicht ihres Wirtes. Es lag Kraft und Ausdruck darin, aber seltsam, das war ein Gelehrtenkopf ... Solche Augen kannte sie bei Männern, die viele Nächte lang über Büchern gesessen hatten. Die Augen waren braun, es waren schöne, sympathische Augen. Bei Tag würden sie wahrscheinlich grau, beinahe graublau aussehen. Frona wußte Bescheid, ihre beste und einzige Freundin auf der Universität hatte genau solche Augen gehabt.

Sein Haar war tiefblond und schimmerte im Kerzenlicht, sein lohfarbener Schnurrbart war ein wenig gelockt. Unter seinen Backenknochen lagen schwache Höhlen, die Frona verdächtig schienen. Aber seine muskulöse, schlanke Figur mit den breiten Schultern beruhigte sie wieder. Er schien den Fünfundzwanzig näher zu sein als den Dreißig.

„Decken hab' ich nicht viel", sagte er nach langem Schweigen. „Meine Indianer kommen erst morgen früh vom Lindermannsee zurück. Sie haben alles mitgenommen, was ich entbehren kann. Aber es wird gehen; ich habe noch ein paar dicke Mäntel, die tun es auch."

Er kehrte ihr den Rücken und öffnete einen Wachstuchballen. Dann nahm er aus der Kleiderkiste zwei Mäntel und warf sie auf die ausgebreiteten Decken.

„Sie sind vom Tingeltangel?" fragte er, scheinbar ganz gleichgültig, als wüßte er die Antwort im voraus. Frona erinnerte sich an Nipuhsas Fluch über die weißen Weiber, die ins Land gekommen waren, und plötzlich erkannte sie, in welchem Lichte sie stand.

Er fuhr fort: „Gestern abend waren zwei Tingeltangeldamen bei mir, vorgestern drei. Da hatte ich aber noch mehr Bettzeug. Merkwürdig, all diese Damen haben Pech, immer ist ihre Ausrüstung verloren. Daß die Sachen sich wiedergefunden hätten, habe ich nie gehört. Alle sind sie Stars, darunter tun sie's nie. Sie sind doch gewiß auch ein Star?"

Zu ihrem Ärger wurde Frona rot: „Ich bin nicht vom Tingeltangel."

Er breitete ein paar Mehlsäcke neben den Ofen aus und machte ein zweites Bett zurecht.

„Aber Artistin sind Sie doch?" beharrte er.

„Leider bin ich keine Artistin, absolut nicht."

Zum erstenmal schien er sie anzusehen, aber diesmal aufmerksam, vom Kopf bis zu den Füßen. Er ließ sich Zeit zu seiner Musterung.

„Ich bitte Sie um Entschuldigung", sagte er. „Dann muß ich Ihnen aber sagen, daß Sie eine große Närrin sind. In dies Land kommen nur zwei Sorten Frauen: die mit ihren Männern oder Vätern, das sind die anständigen, und dann die anderen, die man aus Höflichkeit Tingeltangel-Sterne oder Artistinnen nennt. Eine dritte Sorte hat hier keinen Platz. Wer nicht zur einen oder anderen gehört, kommt unter die Räder. Deshalb sage ich Ihnen: Sie sind ein sehr dummes Mädel und können nichts Besseres tun als umkehren, solange es möglich ist. Ich will Ihnen einen Indianer bis Dyea mitgeben und Geld für die Rückreise nach den Staaten. Sie werden von einem Fremden kein Geld nehmen wollen, aber es ist ja nur geliehen. Sie schicken mir den Kies zurück, wenn es Ihnen paßt."

Frona hatte versucht, ihn zu unterbrechen, aber er schnitt ihre Worte mit einer Handbewegung ab.

„Ich danke Ihnen", setzte sie an, aber er unterbrach:

„Sie sollen gehorchen und nicht danken."

„Ich danke Ihnen trotzdem, aber das heißt: danke nein", beharrte sie. „Zufällig irren Sie sich so ziemlich in allem. Ich wollte meine Träger hier in Happy Camp treffen, sie sind mit Zelt und Bett und allem, was der Mensch braucht, ein paar Stunden vor mir abmarschiert. Ein Boot ist heute nachmittag vom Sturm an die Westküste des Kratersees verschlagen worden, darin müssen meine Leute gewesen sein. So kommt es, daß ich wie ein nackter Spatz bei Ihnen hereingeweht bin. Ihr Rat, ich soll umkehren, ist gewiß gut gemeint, aber mein Vater erwartet mich in Dawson. Wir haben uns drei Jahre lang nicht gesehen. So weit sind Sie hoffentlich beruhigt, mein Herr Gastwirt? Dann erlauben Sie freundlichst, daß ich ein bißchen zu Bett gehe."

„Das ist doch unmöglich!" rief er, dem plötzlich bewußt wurde, daß er es mit einer jungen Dame zu tun hatte.

„Ja, was denn? Sind etwa in den anderen Zelten noch andere Frauen?"

„Nur in einem Zelt, da sind zwei oder drei ... Aber grade das ist gar nichts für Sie."

Er überlegte mit Anstrengung; das Segelleinen des Zeltes bauschte sich im Sturm, der draußen brüllte.

„Ein Mann, der heute im Freien übernachten muß, ist verloren", sagte er. „Die anderen Zelte sind überfüllt. Was tut man da? ..."

„Vielleicht kann ich heute abend noch nach dem Tiefensee kommen?" fragte Frona, halb mitleidig, halb ironisch.

„Sie können doch unmöglich im Dunkeln über den Fluß setzen!"

„Sie haben offenbar Angst vor mir?"

„Nicht für mich."

„Also schön, dann geh' ich ins Bett."

„Ich bleibe auf und sehe nach dem Feuer", sagte er gedehnt.

Frona sprang auf und schrie. „Jetzt hab' ich den Unsinn aber satt! Sind wir in einem Bürgerdorf mit drei Gasthöfen, oder sind wir auf dem Weg zum Nordpol? Ich geh' zu Bett, und Sie gehn auch zu Bett, und damit basta."

„Gute Nacht", sagte sie nach zwei Minuten, als sie ihre Glieder mit Wohlbehagen in der Wärme gestreckt hatte. Eine Viertelstunde später fragte sie:

„Sind Sie noch wach?“

„Ja, was gibt es?“

„Haben Sie Späne?“

„Was für Späne?“

„Zum Feueranmachen morgen früh, natürlich. Sonst stehen Sie auf und machen welche.“

Er gehorchte, ohne zu widersprechen, aber sie hörte nichts mehr ...

Als sie die Augen aufschlug, war die Luft voll vom frischen Duft gebratenen Specks. Die Sonne fiel durch den aufgeschlagenen Zeltvorhang herein. Draußen zogen truppweise Lastträger vorbei mit Pfeifen und Singen. Es tat gut, aus dem warmen Bett heraus dies eifrige Leben zu sehen, dann rekelte Frona sich auf die andere Seite und machte noch einmal die Augen zu. Als ihr Wirt Speck und Bratkartoffeln fertig hatte, sagte er freundlich:

„Guten Morgen, Fräulein. Ob Sie gut geschlafen haben, brauche ich nicht zu fragen. Das hab' ich gehört.“

Nach dem Frühstück ließen sie sich vor dem Zelt die warme Sonne auf den Pelz scheinen. Bald darauf bog eine Schar wohlbekannter Männer um den Gletscher beim Kratersee und marschierte auf Happy Camp zu. Sie klatschte in die Hände.

„Dort kommt mein Gepäck! Mein Transportführer wird schön die Ohren hängen lassen, aber ich kann ihn trösten. Das ganze Abenteuer war wunderschön.“

Sie hängte sich das Ränzel und die Kamera über die Schultern und nahm Abschied.

„Auf Wiedersehen, lieber Gastwirt, und haben Sie tausend Dank für alles.“

„Da ist doch nichts zu danken. Ich täte dasselbe gern für jeden ...“

„... Tingeltangelstern!“

Er sah sie vorwurfsvoll an und sagte: „Ich weiß Ihren Namen nicht und will ihn auch gar nicht wissen.“

„So ungerecht wollen wir nicht sein, denn Ihren Namen kenne ich, Herr Vance Corliss. Ich hab' ihn nämlich auf den Gepäckzetteln gelesen. Ich heiße Frona Welse. Auf Wiedersehen!“

Sie machte sich im Laufschritt auf die Beine.

„Ihr Vater ist doch nicht etwa ...?“ schrie er ihr nach.

Sie wandte den Kopf: „Natürlich. Und wenn Sie nach Dawson kommen, besuchen Sie uns!“

Eine Viertelstunde später stieß sie auf ihre Karawane. Del Bishop ließ durchaus nicht die Ohren hängen.

„Guten Morgen“, grüßte er. „Ich sehe Ihnen an, daß Sie eine famose Nacht gehabt haben, wenn es auch nicht mein Verdienst ist.“

„Sie haben sich doch nicht um mich gesorgt, Bishop?“

„Gesorgt? Um eine Welse? Nee, da hatte ich anderes zu tun, vor allem, dem Kratersee meine Meinung ins Gesicht zu spucken. Ich kann das Wasser nicht leiden. Immer spielt es mir solche Streiche. Aber Sie müssen nicht denken, daß ich Angst davor habe! Ich kann's nur nicht leiden.“

Jacob Welse war Großkaufmann in einem Lande, das sonst noch keinen Handel kannte, ein ausgereiftes Produkt des neunzehnten Jahrhunderts in einer Gesellschaft, die primitiv war wie die der alten Vandalen. Als Monopolist großen Stils herrschte er über die unabhängigsten Menschen, die je in einem Winkel der Welt zusammengekommen waren. Als ein Missionar der Wirtschaft predigte er das Evangelium der Zweckmäßigkeit und der Macht. In seinem Glauben an die natürlichen Rechte der Menschen beugte er, selbst Demokrat, alle unter seinen starken Willen. Die Herrschaft Jacob Welses – das war sein ungeschriebenes Evangelium. Mit seinen Händen, ganz allein, hatte er ein Reich aufgebaut; unter seinem Kommando verbreitete sich die Bevölkerung über ein Gebiet von hunderttausend Meilen Umfang und zog sich wieder zurück. Städte wuchsen und verschwanden auf sein Gebot. Dennoch war er ein Mann aus dem Volke geblieben. Hier in der Prärie hatte er seinen ersten Atemzug getan. Der blaue Himmel war das Dach über seiner Wiege gewesen, und diese Wiege hatte aus einem Bündel grünen Heus bestanden.

Als er zum erstenmal die Augen öffnete, standen rings um ihn gesattelte Pferde, die das Wunder eines neugeborenen Menschen schnuppernd betrachteten. Sein Vater war Trapper, er hatte seine Kameraden auf ein paar Stunden verlassen, damit seine Frau Ruhe bekäme, wenn die Wehen ansetzten. Zu zweit hatten sie sich niedergelassen – ein paar Stunden später saßen sie zu dritt wieder im Sattel und holten den Trupp ihrer Kameraden ein. Es war gar keine Zeit vergeudet worden. Am nächsten Morgen bereitete Frau Welse wie immer das Frühstück am Lagerfeuer. Danach ritten sie bis Sonnenuntergang, eine Strecke von fünfzig englischen Meilen.

Fronas Großvater stammte aus der zähen Waliser Rasse und war in den ersten Tagen Ohios aus dem geschäftigen Osten gekommen. Seine Mutter war aus altem Nomadengeschlecht, ein Kind irischer Auswanderer, die sich endlich in Ontario niedergelassen hatten.

Ehe Jacob Welse noch richtig auf den Beinen stehen konnte, hatte er schon tausend Meilen Wildnis zu Pferde durchstreift und einen Winter hoch im Norden, in einer Jagdhütte an der Quelle des Roten Flusses, bestanden. Seine erste Fußbekleidung waren Mokassins gewesen, sein erster Leckerbissen Elchtalg. Für ihn war die Welt eine große, schneebedeckte Ebene, in der Indianer und weiße Jäger wie sein Vater streiften. Ein Haufen von Zelten aus gegerbten Tierhäuten war für ihn der Begriff „Stadt“, und ein „Faktor“, der Leiter einer kleinen Handelsstation, war für ihn der Inbegriff aller Allmacht. Flüsse und Seen dienten den Menschen als Verkehrswege, die Berge waren Verkehrshindernisse. Manchmal starben Menschen, aber ihr Fleisch taugte nicht zum Essen, und ihre Haut war wertlos. Dagegen war Pelzwerk kostbar, für einige Packen davon konnte man die ganze Welt kaufen. Tiere existierten, damit die Menschen sie jagten und ihnen das Fell abzogen. Wozu die Menschen da waren, wußte er nicht, es sei denn, weil der Faktor sie brauchte.

Als er älter wurde, änderten sich diese Begriffe allmählich, aber jeder neue Eindruck verursachte ihm Furcht und Verwunderung. Erst als er erwachsen war und viele Städte der Vereinigten Staaten durchwandert hatte, schwand der Ausdruck kindlicher Verwunderung aus seinen Augen. Dann wurde sein Blick scharf und durchdringend.

Bei seiner ersten Berührung mit Städtern hatte der kleine Jacob Verachtung gelernt. Das waren weibische Menschen, die sich oft verirrten und keinen Kompaß im Schädel hatten. Sie erkälteten sich leicht und hatten im Dunklen

Angst. Deshalb schliefen sie unter Dächern und verschlossen nachts ihre Türen. Die Frauen waren hübsch, aber schwächlich. Bei einer ganzen Tagesreise auf Schneeschuhen kamen sie nicht weit. Alle redeten sie von morgens bis abends, sie redeten viel zuviel. Deshalb logen sie auch und schafften nichts mit ihren Händen.

Mit den Jahren merkte Jacob Welse, obwohl er meist in Wäldern und Steppen hauste, daß die Städte doch nicht ganz so übel waren. Jedenfalls konnte man in einer Stadt leben und trotzdem ein Mann sein. Er war an den Kampf mit der Natur gewöhnt, jetzt reizte ihn der wirtschaftliche Kampf im sozialen Leben. Die Herren der Märkte und Börsen erschreckten ihn, ohne daß ihr Glanz ihn blendete. Er studierte ihre Methoden und kam hinter das Geheimnis ihrer Macht. Endlich, als blühend junger Mannskerl, nahm er ein Stadtmädchen zur Frau.

Trotz aller Rücksicht auf die bürgerliche Welt rollte das Wanderblut weiter in seinen Adern, so daß er eines Tages am Strand von Dyea landete, wo er, am Rande des Waldes, das große Blockhaus erbaute und seine Faktorei errichtete. Hier fand er den richtigen Abstand zu den Dingen und erkannte, daß die Phänomene der Gesellschaft dieselben sind wie die der Natur. Hier wie dort kam alles auf Kampf an. Wettbewerb war das Geheimnis der Schöpfung, die Welt war für den Starken geschaffen. Nur der Starke konnte sie besitzen. Lesen und Schreiben hatte Jacob Welse bei seiner Mutter im Schein des Lagerfeuers gelernt. Dann hatte er Bücher jeglicher Art durchschmökert, ohne sich das Hirn zu überlasten. Was er von der ersten bis zur letzten Seite kannte, war einzig das Buch des Lebens. Er las es mit der Nüchternheit, die man in schwerer Arbeit gewinnt, und mit einer klaren Anschauung alles Irdischen.

Eines Tages hatte Jacob Welse den Chilcoot überschritten und war in unbekannte Weiten verschwunden. Ein Jahr darauf erschien er bei den russischen Missionen, die um die Mündung des Yukon herum am Beringsmeer lagen. Dreitausend Meilen weit war er einen Strom hinabgereist, hatte viel gesehen und einen großen Traum geträumt. Er sprach nicht davon, er machte sich an die Arbeit, und eines schönen Tages konnte man einen gebrechlichen Raddampfer bei Fort Yukon sehen, der seinen Dampfpfiff in die Mitternachtssonne schrie. Das war sein Anfang gewesen, Dampfer um Dampfer, Unternehmen um Unternehmen kam hinzu. Auf tausend Meilen rings errichtete er an den Strömen und ihren Nebenflüssen Speicher und Faktoreien. Er zwang dem Eingeborenen die Axt des weißen Mannes in die Hand, und bald erhoben sich in jedem Dorf und alle zwanzig Meilen zwischen den Dörfern lange Brennholzstapel für seine Dampfkessel. Später errichtete er auf einer Insel in der Mündung des Yukon, also fast schon im Beringsmeer, seine größte Faktorei, und bald pflügten seine Ozeandampfer den nördlichen Pazifik.

In Dutzenden von Filialen, bis San Franzisko hinunter, saßen seine Angestellten und besorgten nach telegraphischen Orders seine großen Geschäfte.

Früher hatte Hunger immer wieder die Menschen vertrieben, die ins Land kamen, jetzt aber war Jacob Welse da mit seinen Proviantläden. So konnten sie auch den Winter über trotz aller Kälte bleiben und im gefrorenen Schlamm nach Gold suchen. Er ermutigte, versorgte sie, gab ihnen Kredit. Aus einem Speicher und einem Laden, die er irgendwo in die Wildnis gelegt hatte, wurde in wenig Jahren eine Stadt. Unermüdlich, unbezwinglich, war er überall zugleich und tat alles, erschloß neue Flußläufe und mit den neuen Flußläufen neue Provinzen. Die großen Speditionsfirmen mußten ihm Frachtermäßigung gewähren; mit allen Mammut-Unternehmern der Welt stand er in Verbindung. Er verkaufte pfundweise Mehl und Tabak, einzelne Decken, einzelne Tabakpfeifen, zugleich erbaute er Industrieanlagen, ließ Bauplätze in Hunderten von Hektaren vermessen, eroberte Kupfer-, Eisen- und Kohlengruben.

Er trug das Land auf seinen Schultern, er allein leistete alle öffentliche Arbeit dieses Landes. Jede Unze Goldstaub ging durch seine Hände, jede Postkarte, jeder Kreditbrief. Er besorgte alle Bank- und Börsentransaktionen, den Postverkehr, die Postverteilung. Er jagte die Konkurrenz aus dem Land, ein Schrecken der Raubbau treibenden Kapitalisten; er bluffte kampfbereite Trusts. Es war manchmal ein hartnäckiges Ringen, aber immer fand er den Bluff, der seine Gegner vernichtete. Bei alledem fand er Zeit, an seine mutterlose Tochter zu denken, sie zu lieben und für eine Erziehung zu sorgen, die seiner Stellung entsprach.

Jacob Welse half seinem Gast in den Pelz und sprach beim Abschiednehmen:

„Dann sind wir uns also einig, Kapitän, daß wir den Ernst der Situation energisch übertreiben wollen! Sie ist ernst genug; wir zwei wollen verhindern, daß alles noch schlimmer wird. Sie und ich, wir sind beide schon mit Hungersnöten fertig geworden; man muß der Gefahr nur rechtzeitig ins Auge sehen. Die Leute sollen Angst kriegen, jetzt schon, nicht erst, wenn es zu spät ist. Sorgen Sie dafür, daß fünftausend Mann Dawson verlassen, lassen Sie diese

Fünftausend weit und breit von der drohenden Hungersnot erzählen, damit verhindern wir andere Fünftausend, über das Eis zu uns herüberzukommen."

„Sie können mit der Hilfe der Polizei rechnen, Herr Welse."

Der Kapitän war ein untersetzter Mann mit ergrauenden Haaren und militärischer Haltung.

„Sie haben es ja schon so weit gebracht, daß die Chechaquos ihre Ausrüstung verkaufen und sich nach Hunden umsehen. Sobald das Eis trägt, haben wir eine richtige Auswanderung! Wer jetzt seinen Proviant verkauft und fortzieht, macht uns das Leben um einen leeren Magen leichter und füttert zugleich einen Mann, der hierbleibt. Wann geht die „Laura" ab?"

„Heut morgen mit dreihundert Mann an Bord! Ich wollte, es wären dreitausend!"

„Gott erhöre Ihr Gebet! Im übrigen, wann kommt Ihre Tochter an?"

Bei diesem Thema wurden Jacob Welses Augen warm.

„Sie kann jede Stunde eintreffen. Wenn sie erst da ist, müssen Sie oft zum Essen zu uns kommen und ein paar nette Jungens aus den Baracken mitbringen. Ich kenne nicht all die Namen, aber sagen Sie jedem, den Sie einführen wollen, daß die Einladung von mir persönlich komme. Ich hatte ja nie viel Zeit für Gesellschaft, aber sorgen Sie ein bißchen dafür, daß das Mädel sich amüsiert. Sie kommt geradeswegs aus den Staaten und aus London und soll sich hier nicht ganz vereinsamt fühlen."

Die Tür ging auf.

„Herr Foster läßt fragen, ob er weiter Lieferscheine ausfüllen soll?"

„Jawohl, Herr Smith. Aber er soll alles auf die Hälfte herabsetzen. Wer einen Schein auf tausend Pfund hat, bekommt nur für fünfhundert Ware."

„Jawohl, Herr Welse."

Dann kam ein anderer Angestellter.

„Kapitän McGregor möchte mit Ihnen sprechen."

„Herein mit ihm!"

Man sah es dem Schiffskapitän an, daß er von Kind an die rauhe Hand der neuen Welt gespürt hatte. Sie hatte ihn hart geknetet, aber sein grimmiges

Gesicht sprach von unbestechlicher Ehrlichkeit, und zugleich sah man ihm an, daß mit ihm nicht gut Kirschen essen war. Sein breit vorstehendes Boxerkinn, die gebrochene schiefe Nase und eine große Narbe, die quer über seine Stirn lief, bewiesen, wie oft er seinen Mann gestanden hatte.

„In einer Stunde werfen wir los, Herr Welse. Bitte Ihre letzten Orders."

„Schön, Kapitän. Ich habe diesen Winter eine andere Verwendung für Sie im Auge, aber leider müssen Sie jetzt doch mit der „Laura" fahren. Können Sie raten, warum?"

„Es wird Krach geben", sagte Kapitän McGregor, und um die Runzeln seiner Schläfen spielte so etwas wie Lächeln.

„Jedenfalls eine Aufgabe, für die es keinen besseren Mann gibt als Sie. Bally wird Ihnen noch genaue Instruktionen geben. Aber soviel kann ich Ihnen gleich sagen: wir müssen den Leuten solche Angst machen, daß sie aus dem Lande verschwinden, sonst wird in Fort Yukon bald jedes Pfund Proviant mit Gold aufgewogen. Verstanden?"

„Jawohl!"

„Also keine Verschwendung dulden. Zunächst nehmen Sie dreihundert Mann mit flußabwärts, wahrscheinlich kommen doppelt so viele nach, sobald das Eis trägt. Sie werden den Winter über tausend Mäuler durchzufüttern haben. Setzen Sie alle auf Rationen und sorgen Sie dafür, daß gearbeitet wird. Brennholz sechs Dollar den Klafter. Lassen Sie es am Ufer aufstapeln, wo der Dampfer anlegen kann. Wer nicht arbeitet, bekommt nichts zu essen. Verstanden?"

„Jawohl!"

„Tausend Mann können unangenehm werden, wenn sie müßig gehen. Können sogar sehr unangenehm werden. Passen Sie auf, daß sie die Depots nicht stürmen. Geschieht etwas dergleichen, dann kennen Sie Ihre Pflicht."

Der Kapitän nickte grimmig.

„Fünf Dampfer stecken im Eis. Sie haben dafür zu sorgen, daß sie in Ordnung sind, wenn im Frühling das Eis aufbricht. Aber zuerst schaffen Sie alle Ladungen in ein großes Depot. Das können Sie leichter verteidigen. Machen Sie das Depot wasserdicht. Suchen Sie sich die rechten Leute heraus, die mit einem Gewehr umgehen können. Vergessen Sie nicht: wenn es hart auf hart geht, hat der gewonnen, der zuerst schießt."

Als der Kapitän wegtrat, wurde Herr John Melton gemeldet, aber er folgte dem Kontoristen auf den Fersen, um nicht abgewiesen zu werden. Er schnaufte wie ein zorniges Nashorn und hielt dem Chef der Kompanie ein Papier vor die Nase.

„Lesen Sie das! Was soll das bedeuten, zum Henker?“

Jacob Welse warf einen Blick auf das Papier.

„Tausend Pfund Proviant.“

„Na also! Sagt mir der Kerl im Speicher, es gilt nur für fünfhundert!“

„Das stimmt.“

„Aber ...“

„Es lautet auf tausend Pfund, aber wir können nur fünfhundert darauf liefern.“

„Ist das Ihre Unterschrift hier? Ist das, schwarz auf weiß, Ihr Name?“

„Ja.“

„Also, was werden Sie tun?“

„Ihnen fünfhundert geben. Und was werden Sie tun?“

„Die Annahme verweigern.“

„Gut. Dann brauchen wir nicht weiter zu reden.“

„Doch! Dann will ich Ihnen noch sagen, daß wir beide geschiedene Leute sind. Ich bin reich genug, um mein Gepäck selbst über die Pässe zu verfrachten, und das werde ich nächstes Jahr tun. Schluß mit Ihnen.“

„Dagegen kann ich nichts machen. Sie haben dreihunderttausend Dollar in Goldstaub bei mir stehen. Gehen Sie an die Kasse, und lassen Sie sie sich auszahlen.“

Melton ging in ohnmächtiger Wut auf und ab.

„Herrgott, Mann! Ich hab' doch für das Ganze bezahlt. Wollen Sie mich etwa verhungern lassen?“

„Hören Sie zu, Melton.“ Jacob Welse machte eine Pause. Dann fragte er langsam: „Worum handelt es sich in diesem Augenblick? Was verlangen Sie?“

„Meine tausend Pfund Proviant!“

„Für Ihren eigenen Magen?“

Der Minenkönig nickte.

„Sehen Sie, Melton, Sie arbeiten für Ihren eigenen Magen und verlieren die Nerven wie ein Chechaquo. Ich arbeite für zwanzigtausend Mägen!“

„Aber Timm Reddy haben Sie noch gestern ohne Zögern für tausend Pfund gegeben!“

„Die Rationierung ist erst heute in Kraft getreten.“

„Aber warum soll gerade ich darunter leiden?“

„Weil Sie erst heute gekommen sind und Timm Reddy gestern.“

Jacob Welse sah in Meltons verständnisloses Gesicht und zuckte die Achseln.

„Es wird keiner vorgezogen. Ob Sie eine lumpige Aktie von den Bonanza-Minen oder ein dickes Paket Aktien haben, das gibt Ihnen kein Anrecht auf ein einziges Pfund mehr Futter, als der älteste, ärmste Arbeiter oder der kleinste Säugling bekommt. Hungern werden Sie nicht, solange ich die Zügel führe. Das verspreche ich Ihnen. Mehr verspreche ich Ihnen aber nicht. So, alter Freund, und jetzt geben Sie mir die Hand, und damit Schluß.“

Nach dem Bonanza-König kam ein schlottriger Yankee hereingeschlurft, angelte mit dem in einem Mokassin steckenden Fuß einen Stuhl heran und setzte sich vertraulich nieder.

„Hallo, Dave, sind Sie es?“

„Natürlich bin ich's, Welse. Hören Sie, die Geschichte mit dem Proviant hat den Leuten einen Schrecken eingejagt, der ist nicht von schlechten Eltern. Es wird eine tüchtige Abwanderung werden, sobald der Fluß zufriert.“

„Das freut mich zu hören. Wollen Sie mitmachen?“

„Ich? Ich denke nicht dran! Hab' mein Zeugs gestern schon nach der Mine verfrachtet. War auch höchste Zeit. Aber stellen Sie sich vor, Welse, was mit meinem Zucker passiert ist! Hatte den ganzen Vorrat auf dem letzten Schlitten, und gerade der hat den Einfall, durchs Eis zu brechen! Wissen Sie, gerade da, wo der Weg von Klondike nach Bonanza abgabelt. So was ist mir doch noch nicht passiert, der allerletzte Schlitten und all mein Zucker! Deshalb bin ich jetzt hier. Hundert Pfund oder so müssen Sie mir geben. Weißen oder braunen – es kommt nicht drauf an.“

Jacob Welse schüttelte lächelnd den Kopf, Dave Harney rückte seinen Stuhl noch näher an ihn heran.

„Ihr Kommis draußen sagt, es hätte keinen Zweck, ihn zu plagen. Schön, sage ich, dann schau' ich selbst mal beim Chef herein. Sie können meinetwegen doppelte Preise nehmen ... ich zahle."

Als er die ablehnende Haltung Welses spürte, wurde er immer dringlicher.

„Erinnern Sie sich an die Bonbons, die ich Ihnen damals am Preacher-Creek gemacht habe? Ja, das ist auch schon wieder sechs Jahre her. Herrgott, wie die Zeit läuft! Wenn nicht mehr, ich glaube sogar sieben! Also, Sie wissen doch: eher kann ich auf Tabak und Schnaps verzichten als auf meinen Süßkram. Ich kann einfach nicht! Es ist ein schrecklicher Zustand. Heraus mit dem Zucker, Welse! Meine Hunde stehen draußen, Sie fahren gleich mit mir nach dem Speicher! Famose Idee, was?"

„Nein."

„Ich will ja nicht happig sein, Welse. Wenn Sie knapp sind, will ich mich mit 75 begnügen. Welse, Welse ... geben Sie mir nur fünfzig! Ich verstehe Ihre Lage, ich bin ja nicht der Mann, der einen anderen Mann quält."

„Nicht soviel Worte, Dave! Wir haben nicht ein einziges Pfund Zucker übrig!"

„Ich bin doch kein Gierschlund, geben Sie mir fünfundzwanzig!"

„Keine Unze!"

„Also dann vergessen Sie, daß ich Sie überhaupt um Zucker gebeten habe. Nur keinen Streit. Ich komme wieder, wenn Sie besserer Laune sind."

Er überlegte, wie er diese bessere Laune herbeiführen könnte.

„Hören Sie das Pfeifen von der „Laura"? Sie geht gleich ab. Kommen Sie mit."

Jacob Welse zog sich Pelz und Fausthandschuhe an, und sie gingen zusammen durch eine lange Reihe von Kontoren in den Laden. Wohl zweihundert Käufer standen vor den Theken, aber der Raum war so groß, daß sie kein Gedränge verursachten. Alle Gesichter waren ernst, viele sahen den Chef des Hauses wütend an. Alles wurde verkauft, nur keine Lebensmittel! Und gerade Lebensmittel brauchten sie.

„Preistreiberei, das Ganze! Wenn die Hungerpreise erst erreicht sind, wird die Ware schon auf den Markt kommen!" sagte laut ein rotbärtiger Goldgräber.

Jacob Welse hörte es, aber er nahm keine Notiz davon. Das würde er noch oft und in viel gröberem Ton hören, ehe die Krise vorüber war.

Auf dem Bürgersteig blieb er stehen und las die Mitteilungen, die vor seinem Hause angeschlagen waren. Entlaufene Hunde, zugelaufene Hunde, verkäufliche Hunde, vor allem Verkaufsanzeigen für Ausrüstungen. Proviant von fünfhundert Pfund Gewicht wurde zu einem Dollar das Pfund angeboten – den Ängstlichen war der Schreck schon in die Glieder gefahren! Welse sah Melton im Gespräch mit einem besorgten Neuling. Die zufriedene Miene des Bonanza-Königs bewies, daß es ihm schon geglückt war, sein Depot für den Winter zu ergänzen.

„Warum versuchen Sie nicht hier, Zucker aufzutreiben, Dave?"

„Glauben Sie vielleicht, ich hätte es nicht versucht? Von Klondike City bis zum Hospital haben meine Hunde sich fast die Beine abgelaufen. Es gibt nichts, nicht für Geld und nicht für gute Worte."

Sie gingen die Straße entlang, an den Speichertüren und an wartenden Hundegespannen vorbei. Die Tiere hatten sich wie Wölfe im Schnee zusammengerollt. Auf diesen Schnee, den ersten des Jahres, hatten die Goldgräber am Fluß gewartet, ehe sie anfingen, Proviant einzukaufen.

„Ist das nicht lächerlich?" fing Dave an. „Da hab' ich also meine fünfhundert Fuß Goldland am Eldorado und noch was dazu und bin mindestens meine fünf Millionen schwer und kann nicht eine Handvoll Zucker für meinen Kaffee oder meine Grütze kriegen! Jetzt hab' ich's satt! Soll das ganze Land zum Teufel geben! Ich verkaufe! Ich mache Schluß. Ich geh' nach den Staaten zurück!"

„Ich hab' Sie am Stuartfluß ein ganzes Jahr lang schieres Fleisch essen sehen, und am Tanana haben Sie Lachseingeweide gefressen, wenn ich mich recht erinnere auch Hundefleisch. Sie sind damals nicht weggereist und werden auch diesmal nicht reisen. So gewiß, wie die „Laura" jetzt den Anker aufholt, so gewiß werden Sie hier sterben, Dave. Eines schönen Tages werde ich Sie in einer meiner vorzüglichen Bleikisten verschiffen, und mein Kontor in San Franzisko wird Ihren Nachlaß regeln. Sie hängen hier fest, das wissen Sie so gut wie ich."

Während er sprach, mußte er fortwährend Grüße der Vorübergehenden erwidern.

„Wetten, daß ich 1900 in Paris bin!" protestierte der Eldorado-König.

Mit hallenden Glocken grüßte Kapitän McGregor aus dem Steuerhäuschen seinen Reeder. Die „Laura" löste sich vom Ufer. Die Zurückbleibenden winkten mit den Mützen und riefen Reisegrüße, aber die dreihundert Proviantlosen an Bord, die ihrem Traum von Gold den Rücken kehrten, antworteten nicht. Die „Laura“ backte durch eine Rinne, die in den Eisrand geschnitten war, hinaus, schwang sich dann in die Strömung, stieß einen letzten schreienden Pfiff aus und fuhr mit Volldampf davon. Nur ein Dutzend Leute blieb an der Brücke zurück, im Kreise um Jacob Welse. Man sprach von der Hungersnot, aber im Ton von Männern. Sogar Dave Harney hörte auf, sein besonders gräßliches Los zu verfluchen. Mitten in diesem Gespräch fiel Welses Blick auf einen schwarzen Punkt, der zwischen Treibeis den Fluß herabkam.

„Das ist ja ein Kanu!“ rief einer. „Verflucht kitzlige Fahrt!“

Sich drehend und wendend, bald gerudert, bald nur von der Strömung getrieben, kam das Kanu näher. Man erkannte zwei Männer, die es steuerten und beide Hände voll zu tun hatten, um sich die Schollen fernzuhalten. Sie gewannen glücklich das Randeis und ließen sich längs treiben, in der Hoffnung, eine Öffnung zu finden. Dicht vor dem Kanal, der für den Dampfer ins Eis gehauen war, stemmten sie ihre Paddeln tief in die Flut und schossen in den toten Wasserarm.

Viele Hände streckten sich ihnen entgegen, man half ihnen ans Ufer und zog das Boot aufs Trockne. Zwei Postsäcke lagen darin, ein paar Decken, ein schlaffer Proviantsack. Die Männer waren so erfroren, daß sie kaum auf den Füßen stehen konnten.

„Vorwärts, einen heißen Whiskygrog!“ schlug Dave Harney vor und wollte gleich mit ihnen losziehen. Aber einer der Männer nahm sich noch Zeit, Jacob Welses Hand zwischen seine froststeifen Tatzen zu nehmen.

„Sie kommt!“ sagte er. „Vor einer Stunde haben wir ihr Boot überholt. Sie kann jede Minute um die Ecke kommen. Die Post bringe ich Ihnen später. Erst muß ich was in den Leib kriegen.“

Im Abmarschieren drehte er sich noch einmal um und wies auf den Strom.

„Da ist sie schon! Gerade beim Vorgebirge.“

Von Klondike trieb jetzt eben eine schwere Eismasse in den Hauptstrom hinaus und jagte das Boot aus seiner Fahrt. Man konnte deutlich beobachten, wie die Ruderer mit verzweifelter Anstrengung durch die Schollen stakten, vier Leute standen aufrecht und kämpften um ihr Leben. Dann erkannte man eine dünne Säule blauen Rauches, die aus einem Bord-Öfchen emporstieg, und als das Boot näher kam, sah man, daß das lange Steuerruder von einer Frau geführt wurde. Jacob Welses Augen leuchteten auf: das war seine Tochter! Auf allen Schulen und Hochschulen drüben in der Zivilisation war sie eine Welse geblieben, die Lust an der Gefahr hatte und mit den Eisschollen kämpfte.

Von Reif bedeckt, vielfach beschädigt, stieß das Boot an den Rand des Ufereises. Ein weißer Mann sprang heraus, die Fangleine in der Hand, um das Fahrzeug in die Rinne zu bugsieren. Aber das Ufereis war noch zu dünn, er brach ein. Der Bug des Bootes scherte unter dem Druck einer schweren Eisscholle aus, der Mann tauchte unter dem Stern wieder auf. Die Frau warf sich halben Leibes über die Reling und griff ihn am Kragen.

„Zurück das Boot!" befahl sie mit klarer Stimme den rudernden Indianern. Während sie den Kopf des Mannes über Wasser hielt, warf sie sich mit aller Kraft gegen den Steuerriemen und zwang das Boot in die Rinne. Noch ein paar Ruderschläge, dann stieß es gegen den Uferrand. Dave Harney zog den zähneklappernden Mann aus der eisigen Flut und schickte ihn dem Postboten nach, dorthin, wo es Wärme und heißen Whiskygrog gab.

„Hallo, Vater?"

„Hallo, Frona?"

Welse wußte nicht, ob er das junge Mädchen in den Arm nehmen, oder ob er ihr nur die Hand reichen sollte, um ihr an Land zu helfen. Wie benahm man sich als Vater gegen eine zwanzigjährige Dame? Aber sie war schon herübergesprungen, und während die Männer sich wie auf Befehl nach einer anderen Seite kehrten, fiel sie ihm einfach um den Hals: „Du lieber Daddy!"

Dann stellte Jacob Welse vor: „Meine Tochter!"

Frona grüßte wie ein alter Goldsucher, der zufällig ein junges Mädchen ist, und jeder einzelne hatte das Gefühl, daß ihre Augen gerade in die seinen geblickt hatten.

Vance Corliss hatte dummerweise keinen Photographenapparat mit ins Land geschleppt, sonst hätte er sich jetzt die Zeit damit vertreiben können, Aufnahmen von Frona zu entwickeln und ihre Bilder an die Wand seines Zeltes zu hängen. Aber trotzdem sah er sie immer vor sich, so wie sie ausgesehen hatte, als sie ihm zum Abschied winkte: im flammenden Sonnenlicht vor einer dunklen Felswand, eine strahlende junge Gestalt, lächelnd wie der Morgen und in einem

Rahmen von funkelndem Gold. Es wich nicht von ihm, dies Bild, aber immer leidenschaftlicher wurde sein Wunsch, das junge Mädchen in Wirklichkeit wiederzusehen, mit dem er seine Decken geteilt hatte. Sie war neu in seinem Leben, sie glich keiner Frau, der er je begegnet war.

Hinter ihm lag eine wohlbehütete Jugend. Immer hatte er in warmen und gut gelüfteten Zimmern gehaust, immer hatte er in Sonnenschein gebadet, wenn das Wetter schön war, und unter trockenem Dach gesessen, wenn es regnete. Als er alt genug geworden war, einen Beruf zu wählen, hatte er sich brav an die Arbeit gemacht und war auf dem geraden Wege geblieben. Das Ergebnis: ein wohlerzogener, netter junger Mann, über dessen Erscheinen sich die Mütter aller jungen Mädchen freuten, ein kräftiger und gesunder junger Mann, der seine Nervenkraft nicht vergeudet hatte; ein sehr gelehrter junger Mann, der sein Examen als Mineningenieur in Deutschland und ein zweites Examen an der Yale-Universität glänzend bestanden hatte; vor allem ein sehr selbstbewußter junger Mann.

Trotz alledem war Corliss in seiner Lebensform nicht erstarrt. Eines Tages erwachte auch in ihm, der in jungen Jahren schon ein gesättigter Bürger schien, die Unrast seiner Väter, die einst von Europa her als Abenteurer in die Neue Welt gezogen waren. Bei aller Gelehrtheit, aller Beständigkeit, war diese Unrast vielleicht Vances bester Besitz. Sie hatte ihn jetzt nach Alaska geführt, und als Fronas Bild lange genug durch die Winkel seines Zeltes gespukt hatte, in den Sonnenstäubchen bei Tag und im Flackern des Öfchens bei Nacht, hatte sie ihn abermals auf die Beine gebracht.

Den Sack voll Geld, hatte er sich aufgemacht, um Frona einzuholen, über den Paß und dann weiter zu den Seen und Flüssen hinab. Aber so leicht sein Geld die meisten Hindernisse überwand ... Frona reiste unter dem Namen Welse, und der galt mehr als Reichtümer. So kam es, daß sie trotz allem vierzehn Tage früher als er in Dawson eintraf.

Nach seiner Ankunft ließ er ein paar Wochen darüber verstreichen, sich ein Haus zu kaufen, sich niederzulassen und seine Empfehlungsbriefe zu präsentieren. Er wollte Frona nicht wie ein Abenteurer entgegentreten. Als der Fluß zugefroren war, machte er seinen ersten Besuch in Jacob Welses Haus. Frau Sheffield, die Gattin des Goldkommissars und eine der großen Damen von Klondike, gab sich die Ehre, ihn einzuführen.

Vance zupfte sich an der Nase ... das gab es also in Klondike! Ein Haus mit Dampfheizung, schweren Portieren zwischen Vorraum und Empfangszimmer ... und ein Empfangszimmer, das jedem Haus in der Fünften Avenue Ehre gemacht hätte! Seine elchledernen Mokassins glitten über tiefe, weiche Teppiche. Mächtige Tannenscheite prasselten in zwei holländischen Kaminen. Auch ein Flügel war da, und jemand sang.

Frona sprang vom Klavierschemel auf und streckte ihm beide Hände entgegen. Ihr Bild im Sonnenschein war vollkommen gewesen, aber jetzt im flackernden Schein des Feuers wirkte sie noch stärker. Als er ihre Hände in den seinen hielt, stieg ihm das Blut unerklärlich heftig zu Kopfe, und er bekam einen Schwindelanfall.

„Sie kennen sich schon?!“ rief Frau Sheffield erstaunt.

„Wir haben uns auf dem Wege von Dyea getroffen“, antwortete Frona. „Wenn man sich auf diesem Wege begegnet ist, vergißt man einander nie.“

„Nein, wie romantisch!“ strahlte Frau Sheffield. „Hat er Ihnen das Leben gerettet oder so etwas? Es sieht doch ganz danach aus! Und Sie haben mir kein Wort davon gesagt, Herr Corliss! Erzählt doch endlich, ich sterbe vor Neugier.“

Frona antwortete: „Er hat mir Gastfreundschaft erwiesen, das ist genug. Seine Bratkartoffeln sind erster Klasse, und sein Kaffee ist fabelhaft ... wenn man sehr hungrig ist.“

Dann wurde Vance einem gutgewachsenen Leutnant der berittenen Polizei vorgestellt, der am Kamin stand und mit einem lebhaften kleinen Mann das ewige Verpflegungsproblem erörterte.

Es war eine richtige Gesellschaft, ein Fünfuhrtee mit Musik. Der Tee wurde aus chinesischem Porzellan getrunken, lauter wohlgekleidete Leute in weißen Hemden und mit steifen Kragen standen in Gruppen beisammen. Vance fand sich sofort in die gewohnte Atmosphäre und bewegte sich sicher von Gespräch zu Gespräch, sehr zum Neid von Del Bishop, der stocksteif in dem ersten Stuhl klebte, auf den er gestoßen war, und der sich sehr unglücklich fühlte. Er hatte sich nur auf eine Minute hereingewagt, um „Hallo, Miß Frona!“ zu sagen, und saß jetzt wie eine Ratte in der Falle. Wie kam man aus einer so vornehmen Gesellschaft wieder heraus? Wieviel Schritte brauchte man, um zur Tür zu kommen? Wie verabschiedete man sich? Gab man reihum die Hand oder verbeugte man sich nur vor Miß Frona? Er war entschlossen, sich nicht vom Platze zu rühren, bis einer der Herren ihm den Abschied vormachte.

Vance hatte den Goldgräber sofort wiedererkannt, obwohl er ihn nur eine Sekunde lang durch seine Zeltöffnung in Happy Camp gesehen hatte. Das war der Mann, dem er es verdankte, daß Fräulein Frona für jene eine Nacht ohne Unterkunft war ... Ein braver Mann, der im richtigen Augenblick selbst den Weg verloren hatte.

Bald zog Dave Harney, der Bonanza-König, Vance ins Gespräch. Er fühlte sich verpflichtet, hier so aufzutreten, wie es seinen Millionen entsprach, und obwohl er sein ganzes Leben lang nur die Gastfreundschaft des offenen Zeltes gekannt hatte, bei Fleischtöpfen, in die jeder hineingriff, machte es ihm Freude, einmal im Leben den Salonhelden zu spielen. Wie ein richtiger König hielt er Cercle, indem er an jeden, der ihm in die Quere kam, ein paar huldvolle Worte richtete, meist törichte Fragen, auf die es keine Antwort gab. Dabei sah er verliebt in einen Spiegel, denn so in der Verkleidung eines Stadtherrn hatte er sich selten gesehen. Frona hatte in diesen wenigen Wochen merkwürdige Verheerungen in Dawson angerichtet.

Den Höhepunkt des Nachmittags schuf Harney, als er Frona bat, das rührende Lied „Für dich hab' ich mein Heim verlassen ...“ zu singen. Sie kannte es nicht; er ließ sich herbei, ihr die ersten Takte vorzusummen, so daß sie ihn nur zu begleiten brauchte. Dann riß eine Erinnerung an die Jugend ihn hin, er stimmte seinen gewaltigen Baß, der keineswegs wohlklingend war, und tremolierte die rührendsten Stellen, daß es eine Katze erbarmt hätte. Del Bishop, der sich dieser Seele verwandt fühlte, brummte den Refrain mit. Es war ein erhebender Vortrag. Bishop fand endlich den Mut, sich von seinem Stuhl zu erheben und allen Leuten auf die Schulter zu schlagen.

Er kam spät nach Hause und weckte seinen Zeltgenossen: „Großartig war das bei Welses! Das nächste Mal nehme ich dich mit, alter Junge! Also, so gut habe ich mich im Leben noch nicht amüsiert.“

Als Vance sich verabschiedete, flüsterte Frona ihm zu: „Es ist zu dumm, keine drei Worte haben wir miteinander gesprochen ...“

Nicht ohne Kampf hatte Vance Corliss sich von der Kultur getrennt, in der er aufgewachsen war, als ein ehrenvoller und glänzend bezahlter Posten im wilden

Alaska ihn abrief. Jetzt fand er bei Frona etwas von dem Verlorenen wieder. Sie war eine Frau, die in seinen Kreisen und mit seinen geistigen Interessen gelebt hatte. Zugleich aber spürte er aus ihrem Wesen einen reinen, scharfen Duft wie von frischer Erde. Sie hatte studiert, aber sie war kein Blaustrumpf geworden, sondern noch tief verwachsen mit dem Boden, dem sie entsprossen war. Keine Frau auf Erden hätte wie sie die Brücke sein können, die Corliss mit dieser Fremde verband; keine andere hätte es vermocht, ihm die Tage in dieser Verbannung voll und schön zu machen. Wie in ihrer persönlichen Atmosphäre, so fand er auch in ihrem Haus alles, wonach er sich in seiner kahlen Zelle sehnte. Er reiste gern – denn er war jung und abenteuerfroh – mit dem Hundegespann und dem braven Burschen Bishop, den er in seinen Dienst genommen hatte, tief in das Land hinein, kampierte, wie nur irgendein Goldgräber, im Zelt, am Lagerfeuer, aß seinen gebratenen Speck dreimal am Tag und schützte sich die Haut mit Fischtran gegen Gletscherbrand. Aber es war herrlich, in solchen Nächten, wenn die groben, oft zotigen Goldgräberwitze, immer dieselben, erzählt wurden, wenn man seinen Whiskytee aus Blechschalen trank und tage- oder wochenlang keinen Tropfen Wasser an den Körper bekam, still von einem Zimmer zu träumen wie Fronas Empfangsraum. Von den weichen Teppichen, den herrlichen Bildern, dem Flügel und einer jungen Dame, deren kultivierte Persönlichkeit diesen ganzen Raum durchdrang.

Fronas einziger Fehler war in Vances Augen ihr burschikoses Wesen. Aber wenn sie dann lachte und sich an seiner Beschämung weidete, empfand er, daß dies alles eine Art Verkleidung war, die sie gewählt hatte, um zu fühlen, wie sehr er sie verehrte. Prüde war sie nicht, aber was er weibliches Schamgefühl nannte und nicht missen konnte, besaß sie, wie seine Mutter es besessen hatte, und auch in der steten Umgebung der rauhesten Männer würde sie es nie verlieren.

Er liebte das Flammen ihres Haares in der Sonne, sein goldenes Funkeln am Kaminfeuer. Er liebte ihren Mund und ihre Wangen. Er liebte ihre zierliche Gestalt mit den federnden Muskeln und war glücklich, wenn er neben ihr gehen durfte, wenn sie ihre Schritte den seinen anpaßte. Alles an ihr liebte er.

In der Bar, wo es hoch herging, saß Vance Corliss mit Oberst Trethaway zusammen, und mitten im Tohuwabohu trinkender, spielender, singender Männer führten sie ein ernstes Gespräch über wichtige Fragen ihres Berufs. Der Oberst sah mit sechzig Jahren und schlohweißem Haar noch wie ein junger

Mann aus. Seine Augen strahlten im klarsten Blau, seine Bewegungen waren voll von jugendlichem Temperament, und sein Geist arbeitete exakt, stets bedient von einem unfehlbaren Gedächtnis. Trethaway war ein alter Mineningenieur und vertrat in Alaska ebenso große amerikanische Interessen wie Corliss englische. Die beiden Männer waren einander in Freundschaft zugetan, und das kam auch ihren Geschäften zugute.

Die Männer ringsherum, es waren wohl hundert, trugen Pelze und Wollzeug. Sie bliesen so viel schweren Tabak in die Luft, daß der Schein von Petroleumlampen und Talglichtern die Wolken kaum durchdrang. Aus mächtigen Öfen prasselte rote und weiße Glut; es war ein richtiges Goldgräber-Eldorado.

Was es an Weiblichkeit in diesem Eldorado gab, Tingeltangelsterne und Artistinnen, wie Vance sie nannte, war stark gefragt. Rasten durfte keines von den armen Mädchen; aus einem Arm in den andern gerissen, tanzten sie viele, viele Stunden lang auf dem hölzernen Podium, und der Klavierspieler trommelte sich fast den Atem aus den Lungen. Beim Tanz flatterten den Männern Ohrenklappen mit bunten Quasten von den Wolfs- und Biberfellmützen um die Köpfe. Sie gingen in weichen Mokassins, aber die Mädchen trugen dünne Ballschuhe aus Atlas oder Seide, und manche hatten Abendkleider an, wie man sie auch in jedem Ballsaal der zivilisiertesten Welt zeigen konnte.

Im Hauptraum der Bar wurde nur Whisky und Bier getrunken, aber aus einem Nachbarzimmer hörte man das Knallen von Sektpfropfen und das Klirren zarter Kelche, zugleich das Gerassel von beinernen Spielmarken, das Schnurren der Roulette. An manchen Abenden wurden viele Zehntausende Dollars in Goldstaub dort umgesetzt, denn ein Mann, der viele harte Monate im verkrusteten Schlamm gewühlt und einen guten Fund gemacht hat, tobt sich gern bei Spiel, Champagner und Mädels aus.

Als Oberst Trethaway und Vance an den Bartisch traten, um sich die Gläser wieder füllen zu lassen, trafen sie dort auf ein neues Gesicht, das nicht zu übersehen war. Es war ein ungewöhnlich stattlicher und intelligent aussehender Bursche mit einer Wolfsfellmütze. Frauen hätten ihn mindestens hübsch genannt. Auf seinen Wangen glühte eine sympathische Wärme, und aus seinen Augen strahlte eine schöne, sanfte Glut. Der Mann war so aufgeräumt, wie man zur guten Stunde bei guten, starken Getränken nur werden kann. Er führte das große Wort; seine Stimme war ein wenig laut, aber sie klang angenehm. Seine Rede war voll Leben und Witz.

Als er sein Glas hob, passierte es, daß sein Nachbar ihn stieß. Er tat es unabsichtlich, aber so kräftig, daß dem Fremden das Glas entfiel und in Scherben ging. Während er sich den Wein vom Hemd wischte, brummte er ein grobes Wort, das gewiß so wenig böse gemeint war wie zuvor der Stoß, der es hervorgerufen hatte. Aber die Gemüter waren einmal erhitzt, ein „Chechaquo!" fiel nach dem andern, und als das Schimpfen keinen Spaß mehr machte, bekam der Fremde einen Schlag ans Kinn Er taumelte gegen Vance; der Angreifer stellte sich mit geballten Fäusten vor ihn, um den Raufhandel fortzusetzen, und im Augenblick stand bei jedem der Männer ein Sekundant.

Die Mädchen zogen sich zurück; die Goldgräber hatten im Handumdrehen einen weiten Kreis geschlossen. Oberst Trethaway ernannte sich mit dem Anspruch seiner weißen Haare selbst zum Schiedsrichter, und nun sollte nach allen Gesetzen der edlen Kunst ein Boxkampf vor sich gehen, mehr Sport als Feindschaft.

„Los, gib ihm ein blaues Auge!" wurden die Kämpfer ermutigt, aber der hübsche Bursche in der Wolfsfellmütze und mit den tapferen blauen Augen bot plötzlich ein Bild, das Mitleid erregen konnte. Statt zu kämpfen – und auch ein schlechter Kampf mit fairen Mitteln wäre ihm nicht übelgenommen worden –, duckte er sich, deckte das Gesicht mit beiden Händen, und es war unverkennbar, daß seine Knie bebten.

„So gehen Sie doch in Stellung!" brüllte der Oberst ihn an, aber ebensogut hätte er einen Schneemann zum Boxer gemacht.

Der Gegner hatte vielleicht Mitleid mit dieser armen Seele, aber er durfte sich, nachdem der Ring einmal abgesteckt war, nicht mit einem Scheinkampf begnügen. „Feiglinge! Schlappschwänze!" tönte es schon ringsum, und so landete er einen saftigen Schlag. Corliss wollte sofort eingreifen; er konnte nicht mit ansehen, wie ein völlig wehrloser Mann mißhandelt wurde. Aber der Oberst wies ihn empört aus dem Ring.

„Was denken Sie! Hier habe ich das Kommando!"

Die ganze Angelegenheit sah nur deshalb so brutal aus, weil der Bursche, der mit der Zunge so tapfer gewesen war, sich auch dann nicht zur Wehr setzte, als das Blut ihm schon aus der Nase floß und eines seiner Augen dick verschwollen war. Doch jetzt konnte Corliss sich nicht länger beherrschen. Er warf sich dazwischen und nahm einfach den Angreifer auf sich. Sein Vorstoß kam so unerwartet, daß der Mann sofort zu Boden ging. Im Augenblick zerfiel die ganze Belegschaft der Kneipe in zwei Parteien. So offenkundig es gewesen, daß ein braver Mann gegen einen Feigling stand, waren doch viele der Meinung Vances, man dürfe einen Schwächling nicht zuschanden schlagen, ein Boxkampf müsse zwischen Gleichwertigen geführt werden. Die anderen waren der Meinung, im Ring habe kein Dritter etwas zu suchen. Nun kam eine Schlacht in Gang, in der jeder auf jeden losschlug und keiner nach Regeln fragte. Vance bekam eine steinharte Faust in die Zähne gefeuert und mußte zu Boden, direkt neben den Mann, den er selbst eben zur Strecke gebracht hatte, aber dann machte sich Del Bishop ans Geschäft und mähte mit unwiderstehlichen Fäusten rings um ihn die Luft frei. Del Bishop stand seit kurzem in Vances Diensten, aber wie es im Norden unter weißen Männern ist, war er mehr sein Kamerad als sein Angestellter. Er war vielleicht der beste Mann im Saal, wenn es ans Raufen ging; das kam selten vor, aber wenn er zugriff, tat er es mit Schwung.

Oberst Trethaway vergaß seine sechzig Jahre und sein weißes Haar; er vergaß auch, daß er sich das Amt des Schiedsrichters angemaßt hatte. Statt Ordnung zu schaffen, griff er nach einem Schemel und stürzte sich ins dichteste Gewühl. Zwei dienstfreie Sergeanten von der berittenen Polizei schlossen sich ihm an. Der halb ohnmächtige Mann mit der Wolfsfellmütze, der den ganzen Skandal entfacht hatte, wurde in eine geschützte Ecke gezerrt; und jetzt waren lauter Männer unter sich, die einander mit echter Liebe zur Sache Kinnhaken und Rippengerade wuchteten, die ein zerschmettertes Nasenbein hinnahmen, ohne zu mucksen, und für jeden Schlag, den sie einsteckten, frisch befeuert zwei um so bessere zurückgaben.

Am anderen Ende der Bar wurde immer noch Whisky ausgezapft. Im Nebenraum spielte man wieder zum Tanz auf, und die Roulettespieler ließen sich nicht stören.

Corliss war längst wieder auf die Beine gekommen und drosch Seite an Seite mit Bishop auf fremde Schädel und fremde Gesichter ein, kämpfte aus purer Freude am Kampf mit Leuten, die er nicht kannte, und die ihm nie etwas zuleide getan hatten. Plötzlich geriet er mit einem sehnigen Hundetreiber in den Clinch. Aus dem Schlagwechsel wurde ein Ringkampf; die beiden fielen eng umschlungen zwischen all die stampfenden Füße. Corliss spürte den wütenden Atem seines Gegners im Gesicht, dann zuckte ein scharfer Schmerz durch seine

Nerven. Der Mann hatte ihm, in diesem Augenblick mehr Wolf als Mensch, die Zähne in die Ohrmuschel gegraben – er ließ nicht los, noch eine Sekunde, dann hatte Vance kein Ohr mehr ...

Wie in einer Vision sah er sich plötzlich als ein Gebrandmarkter durchs Leben gehen, ein Herr der Gesellschaft, der Wissenschaft, der bei einer Rauferei sein Ohr verloren hatte – unter den Zähnen eines besessenen Hundetreibers. Das war kein Männerkampf, das war tierische Roheit, gegen die jedes Mittel galt. Aufbrüllend stieß er zwei Finger in die Augen des Wolfsmenschen, bis der Mann vor Schmerz heulte und seine Zähne das Ohr freigaben. Dann lagen sie nebeneinander, fast unbeweglich. Der Kampf tobte über sie weiter, sie wurden mit Füßen getreten, aber das war alles sehr dunkel und fern ...

Eine halbe Stunde später herrschte wieder tiefer Friede im Goldgräber-Eldorado. Vance lag, von Oberst Trethaway gepflegt und von Del Bishop notdürftig verbunden, in einem ledernen Klubsessel und spülte das geronnene Blut in seinem Mund mit eiskaltem Whisky herunter. Er war vom Kopf bis zu den Füßen zertrampelt und verdroschen, aber es tat ihm nichts weh, wenigstens jetzt noch nicht; er fühlte sich so gehoben, so zufrieden mit sich selbst wie vielleicht noch nie in seinem Leben. Spiel ohne Einsatz ist ein fades Vergnügen, aber er hatte um sein Ohr, um sein gutes Aussehen, um einen Teil seines wertvollen, gesunden, stattlichen Körpers gekämpft, und deshalb war es ein guter Kampf gewesen. Zum erstenmal in seinem Leben hatte er die Kraft seiner im Sport gestählten Glieder gebraucht, zum erstenmal empfunden, wie Muskel gegen Muskel prallt und das Blut heißer durch die Adern jagt. Er hatte – alle Phasen der Rauferei gingen ihm jetzt erst durch den Sinn – mit einem einzigen Hieb einen Mann zu Boden geschmettert, der gerade einen Steinkrug auf den Schädel des alten Oberst schleudern wollte, und bei dieser Erinnerung durchbebte ihn ungeheure Freude. Ein Hieb, ein einziger Hieb, und der starke Kerl hatte bewegungslos zu seinen Füßen gelegen.

Zu viert brachen sie später auf, Corliss, der Oberst, der Mann mit der Wolfsfellmütze und Del Bishop. Schneeklar war die Nacht; vor ihnen lag eine stille, friedliche Straße, und die Luft klirrte von Frost.

„Das war ein Abend! Blut und Schweiß, aber nicht zu wenig!“ frohlockte Oberst Trethaway. „Wissen Sie, Corliss, ich bin heute abend wieder um zwanzig Jahre jünger geworden! Geben Sie mir Ihre Hand. Ich gratuliere Ihnen. Von ganzem

Herzen! Die Wahrheit in Ehren, Corliss, das hätte ich Ihnen nicht zugetraut. Es war eine Überraschung für mich, direkt eine Überraschung!"

„Für mich selbst war es auch eine Überraschung", gestand Vance. Jetzt trat bei ihm der Rückschlag ein. Er fühlte sich plötzlich krank und erbärmlich schwach. „Ich bin mir selbst eine Überraschung gewesen, und vor allem Sie, alter Oberst! Wie Sie mit dem Stuhl losgegangen sind ..."

„Ich glaube selbst, das hat nicht schlecht ausgesehen. Haben Sie gesehen, so, von oben ..." Er focht in die Luft, in die kalte, stille, schöne Luft, und das sah so komisch aus, daß alle vier in ein großes, befreiendes Lachen ausbrachen.

„Wem habe ich zu danken, meine Herren?" fragte der Mann mit der Wolfsfellmütze, den Corliss gerettet hatte. „Mein Name ist St. Vincent, Doktor Gregory St. Vincent."

Dabei streckte er den anderen seine Hand zum Abschiednehmen hin.

„Gregory St. Vincent?" fragte Del Bishop mit plötzlich erwachtem Interesse.

„Jawohl, und der Ihre?"

„Das geht Sie einen Dreck an!"

Dabei schoß Bishops Faust vor, und Gregory St. Vincent stürzte schwer in den Schnee.

„Sind Sie verrückt, Mann?" brüllte Corliss.

„Das Stinktier! Ich hätt's ihm noch besser geben sollen! So ein verfluchter Hundeknochen! ... Ist schon gut. Lassen Sie mich los. Ich rühr ihn nicht mehr an. Lassen Sie mich. Ich gehe nach Haus. Gute Nacht."

Als sie Gregory St. Vincent auf die Beine halfen, mußte der Oberst noch einmal lachen. Er schämte sich eigentlich darüber, aber später erklärte er: „Eine Viecherei war es. Aber eben doch so komisch und plötzlich."

Zunächst machte er sein Lachen wieder gut, indem er es übernahm, Herrn Gregory nach Hause zu schleppen und ins Bett zu legen.

„Hat Sie der Teufel geritten?" fragte Corliss später seinen Mann. „Es war doch alles vorbei; ich glaube, Sie waren verrückt geworden."

„Habe nichts zu bedauern", bockte der Goldgräber.

Herr Harney? Dave Harney, wenn ich nicht irre?“

Der Bonanza-König nickte, und Herr Gregory St. Vincent wandte sich an Frona.

„Die Welt ist wirklich nicht groß, Fräulein Welse. Denken Sie, Herr Harney und ich sind alte Bekannte.“

Jetzt ging dem Goldkönig ein Licht auf.

„Warten Sie, junger Mann, ich komme schon drauf. Damals waren Sie glatt rasiert. Warten Sie – das war im Jahre sechsundachtzig, dann – Herbst siebenundachtzig, Sommer achtundachtzig – jawohl, damals war es! Im Sommer achtundachtzig kam ich auf meinem Floß den Strom herunter. Ich hatte Elchhäute geladen und hatte es eilig. Aufs Haar wäre mir die ganze Ladung verdorben. Ja, und da kamen Sie in einem Ruderboot vom Lindermansee an. Ich behauptete, es wäre Mittwoch, mein Kamerad sagte Freitag, und Sie behaupteten Sonntag. Jawohl – Sonntag! Stimmt absolut. Vor neun Jahren! Dann haben wir getauscht, Elchbraten gegen Mehl, Backpulver und Zucker! Sakrament, war das eine Freude! Das ist schön, daß wir uns wiedersehen!“

Sie schüttelten einander die Hände, der Alte schlug dem Jungen auf die Schultern.

„Ich habe eine nette kleine Bude oben auf dem Hügel und dann noch eine am Eldorado. Der Schlüssel hängt immer draußen vor der Tür, Sie kommen, wann Sie Lust haben, und bleiben, solange es Ihnen paßt. Meine einzige Bedingung ist: bald! Es tut mir leid, heute muß ich gehen, ich wäre gern noch geblieben.“

„Vor neun Jahren waren Sie schon hier, Herr St. Vincent?“ fragte Frona erstaunt. „Erzählen Sie doch, damals war das Land ja noch eine vollkommene Wildnis. Was haben Sie da alles erlebt?“

St. Vincent zuckte die Achseln: „Erlebt? Einen elenden Mißerfolg, das ist alles, was ich erlebt habe. Nichts, worauf man stolz sein könnte.“

„Einen Mißerfolg? Dann müssen Sie doch etwas versucht haben? Was hatten Sie damals für Pläne?“

St. Vincent bemerkte mit Genugtuung, daß Frona sich für ihn interessierte.

„Ich hatte damals die verrückte Idee, möglichst genau auf dem Polarkreis rings um die Welt zu reisen. Im Interesse der Wissenschaft ... wissen Sie, ich bin Geograph. Es sollte durch Alaska gehen, auf dem Eis über die Beringstraße, dann durch Nordsibirien nach Europa zurück. Eigentlich war es ein prachtvolles Unternehmen, zum größten Teil führte der Weg über damals noch jungfräuliches Land. Aber die Sache ging schief. Über die Beringstraße kam ich gut hinüber, aber in Ostsibirien hatte ich Pech ... alles wegen Tamerlan, wegen dieses mausetoten Tamerlan, das muß ich zu meiner Entschuldigung sagen."

„Der reinste Odysseus!" rief Frau Sheffield und klatschte in die Hände. „Ein moderner Odysseus, wie romantisch!"

„Aber geizig mit seinen Abenteuern, das war Odysseus nicht", widersprach Frona. „Auf einmal stocken Sie, Herr St. Vincent, gerade im spannendsten Moment. Wieso hat Tamerlan Ihre Reise gestört?"

Er lachte und hatte offensichtlich keine Lust, von dieser Expedition zu erzählen. Aber er ließ sich von den neugierigen Frauen bewegen, ein Opfer zu bringen.

„Als Tamerlan mit Feuer und Schwert durch Ostasien zog", berichtete er, „wurden Länder verwüstet, Städte zerstört und Völker wie Staub in die Winde zerstreut. Ein großes Volk wurde aus dem Lande gejagt; die Schwärme von Menschen suchten auf ihrer Flucht vor der sinnlosen Mordlust des Siegers Zuflucht in Sibirien. Sie bogen nach Norden und Osten ab und bildeten einen Saum von mongolischen Stämmen um das Land am Polarmeer. – Aber jetzt merken Sie, wie langweilig die Geschichte ist, meine Damen?"

„Nein! Nein!" rief Frau Sheffield. „Das ist ja so himmlisch spannend. Und Sie erzählen so lebendig! Es erinnert mich direkt an ..."

„Also, dann will ich weiter erzählen. Also, ohne diese Mongolenstämme hätte ich meine Reise durchgeführt. Zweifellos! Statt dessen bin ich gezwungen worden, eine fette Prinzessin zu heiraten und in Stammesfehden, beim Renntierstehlen und anderen Eingeborenen-Sports eine Rolle zu spielen."

„Sie sind ein Held! Ist das nicht himmlisch, Frona? Erzählen Sie mehr vom Renntierstehlen und von der fetten Prinzessin!"

„Die Bevölkerung der Küste bestand aus Eskimos, aus heiteren und gutartigen Menschen. Sie nennen sich selber Ukilions ... das heißt: Meeresleute. Ich kaufte ihnen Hunde und Proviant ab, wir kamen gut miteinander aus. Aber die Ukilions waren einem Binnenlandstamm untertan, den Tschautschuins ... das heißt in unserer Sprache: Hirschmenschen Die Tschautschuins sind ein wildes, unbezwingbares Volk, ungezähmt und boshaft. Kaum hatte ich die Küste hinter mir, da überfielen sie mich, nahmen mein Hab und Gut und machten mich zum Sklaven."

„Waren denn keine Russen da? Soldaten? Polizei?"

„Russen? Unter den Tschautschuins!?" Er lachte. „Geographisch gehörten sie allerdings zum Reiche des weißen Zaren, aber ich bezweifle, daß er je von diesen Untertanen gehört hatte. Vergessen Sie nicht: das Innere von Nordsibirien liegt in der Polarnacht, ein unerforschtes Land. Wenige Europäer sind je dort hingekommen, kaum je einer ist zurückgekehrt."

„Aber Sie ..."

„Ich bin zufällig die Ausnahme, mit der sich die Regel bestätigt. Warum ich verschont wurde, weiß ich nicht. Aber es ist eine Tatsache, sonst könnte ich Ihnen nicht davon erzählen. Anfangs wurde ich schrecklich behandelt, von Frauen und Kindern geschlagen, in räudige Felle voller Ungeziefer gekleidet, mit Abfall ernährt. Sie hatten überhaupt kein Herz. Wie ich das überstand, ist mir heute noch ein Rätsel, ich hätte tausendmal Selbstmord begangen, aber es fand sich kein Weg dazu. Dann war ich, infolge von soviel Leiden und Mißhandlungen, ganz vertiert und viel zu schlaff, um mir das Leben zu nehmen. Halbtot vor Hunger und Kälte, verprügelt, daß ich manchmal kaum noch denken konnte ... nein, damals war ich kein Mensch mehr, und nur der Mensch begeht Selbstmord. Heute scheint mir diese ganze Zeit wie ein gräßlicher Traum. Vieles ist meinem Gedächtnis ganz entfallen. Ich weiß noch dunkel, daß ich, auf einen Schlitten gebunden, von Lager zu Lager geschleppt wurde, eine Art Ausstellungsgegenstand, ein Stückchen zoologischer Garten auf Reisen. Wie weit ich in die Öde vorgedrungen bin, weiß ich nicht, aber es müssen Tausende von Meilen gewesen sein. Als ich wieder zu mir kam und all das hinter mir lag, befand ich mich jedenfalls reichlich zweitausend Kilometer westlich der Stelle, wo sie mich gefangen hatten. Es war Frühling und mir war, als knüpfte ich plötzlich an die Vergangenheit wieder an, auf einmal hatte ich wieder offene Augen.

Ich fand mich, mit einem Riemen ans hintere Ende eines Schlittens festgebunden wie der Affe eines Leierkastenmannes. Ich hielt den Riemen mit beiden Händen, denn er hatte mir schon tiefe Wunden ins Fleisch geschnitten. „Was ist das?" fragten die Hirschmenschen und hielten mir ein Spiel Karten unter die Augen. Das mußte auf merkwürdigen Wegen von weißen Leuten über die Meermenschen zu den Hirschmenschen gekommen sein, wahrscheinlich von Walfischfängern. Nun hatte ich als Schuljunge zum Vergnügen meiner Kameraden Kartenkunststücke und ein bißchen Zaubern gelernt. Die alten Kunstfertigkeiten fielen mir plötzlich wieder ein, und ich kann sagen, daß kein Zauberkünstler auf Erden je ein dankbareres Publikum gefunden hat. Im Augenblick wurde ich von einem Ausstellungsgegenstand, der so wenig galt, daß man ihn verhungern und verkommen ließ, ein Mann von unermeßlicher Bedeutung. Greise und Frauen kamen zu mir, um sich in ihren Nöten Rat zu holen, dann auch die Männer und zuletzt sogar die Häuptlinge. Es kam mir zustatten, daß ich von Medizin und Chirurgie eine Ahnung hatte, und so wurde ich Wundermann. Vor wenigen Wochen noch Sklave, saß ich jetzt unter den Häuptlingen im höchsten Rat, ich wurde das unwidersprechbare Orakel im Kriege wie im Frieden. Dort oben waren Renntiere das einzige Vermögen, ein Tauschmittel wie bei uns das Gold. Mein Stamm beschäftigte sich hauptsächlich damit, Raubzüge gegen die Nachbarstämme zu unternehmen und ihnen die Renntierherden zu stehlen. Ich brachte meinen Leuten neue Kampfmethoden bei, lehrte sie Kriegskunde und Taktik und verhalf ihren Operationen zu einer Stoßkraft, der die Nachbarstämme nicht widerstehen konnten. So war ich zwar ein Herr, fast ein Halbgott, geworden, aber meine Freiheit gewann ich dadurch nicht wieder. Es klingt lächerlich: ich war zu erfolgreich, ich hatte mich unentbehrlich gemacht. Die Hirschmenschen waren jetzt meine Untertanen, aber sie bewachten mich eifersüchtig. Jeder meiner Befehle wurde befolgt, ich konnte kommen und gehen, wie ich wollte. Aber wenn sich Handelskarawanen an der Küste zeigten, mit denen wir Waren tauschten, durfte ich nicht dabei sein. Unter meinen Häuptlingen war ein einziger, Pi-Une, der sich weigerte, mir die mir zustehenden Ehren zu erweisen. Er rüttelte damit an meiner Allmacht, ich fühlte den Thron unter mir wackeln, denn tatsächlich besaß ich nur so weit Macht, wie man mir Glauben schenkte. Ich war, verstehen Sie das, meine Damen, der Aberglaube des Volkes. Wenn einer an mir zweifelte und der Blitz ihn nicht strafte, konnte ich plötzlich die ganze Macht wieder verlieren und da sein, wo ich angefangen hatte. Um Pi-Une zu besänftigen, blieb mir nichts übrig, als seine Tochter Ilswunga zu heiraten. Darauf bestand er. Ich bot ihm an, lieber als gleichberechtigter Mitkaiser neben mir zu herrschen. Aber davon wollte er nichts hören. Und ..."

„Und? Rascher, rascher ... so gespannt bin ich in meinem ganzen Leben nicht gewesen!" stieß Frau Sheffield hervor.

„Und so heiratete ich Ilswunga – in der Sprache der Tschautschuins heißt das „die Hindin". Arme Ilswunga! Als ich das letztemal von ihr hörte, war sie in der Mission von Irkutsk, legte Patiencen mit jenem Kartenspiel, das mich zum Kaiser gemacht hatte, und wehrte sich tapfer dagegen, je in ihrem Leben ein Bad zu nehmen."

„Es ist wirklich schon zehn Uhr!" klagte Frau Sheffield, die von ihrem Mann den zehnten leisen Rippenstoß bekommen hatte. „Wie entsetzlich traurig, daß ich nicht weiter zuhören kann, Herr Gregory. Was dann alles noch kam, und wie Sie entronnen sind. Aber Sie müssen mich besuchen. Ich muß das unbedingt zu Ende hören!"

„Und gerade Sie habe ich für einen Chechaquo gehalten", sagte Frona, als Gregory sich den Kragen hochschlug und die Ohrenklappen festband. „Morgen abend müssen Sie wieder zu uns kommen! Wir bereiten eine Theatervorstellung für Weihnachten vor. Kein Mensch kann uns da so wundervoll helfen wie Sie. Alle jungen Leute machen mit, Beamte, Polizeioffiziere, Mineningenieure, und wir haben sogar ein paar hübsche Damen."

Als er gegangen war, schloß sie die Augen und dachte an ihn: „Was ist das für ein mutiger Mann! Was ist das für ein prachtvoller Mensch!"

Gregory St. Vincent wurde rasch ein wichtiger Faktor im gesellschaftlichen Leben der Stadt Dawson. Er war tatsächlich ein großer Entdeckungsreisender. Eigentlich hatte er überall auf der Erdoberfläche Leben und Kampf beobachtet. Dabei, wenn auf seine Erlebnisse und Kämpfe die Rede kam – wie zurückhaltend und bescheiden!

Überall traf er alte Bekannte, Jacob Welse war ihm im Herbst 1888 in St. Michael begegnet, bevor Gregory den Marsch über das Eis der Beringstraße antrat. Einen Monat später hatte ihn Pater Barnum einige hundert Meilen nördlich von St. Michael getroffen, wo der Missionar die Leitung des ersten Hospitals übernahm. Polizeihauptmann Alexander kannte Gregory von einem Abend der Britischen Gesandtschaft in Peking her.

Besonders bei den Frauen wurde er beliebt. Niemand verstand es wie er, das Programm für einen vergnügten Abend zu entwerfen; es gab keine Gesellschaft ohne ihn. Im Theater hatte er ganz selbstverständlich die Leitung übernommen, er wurde Regisseur und Hauptdarsteller, so daß er Fronas Partner werden mußte.

Corliss kam einmal zu einer Probe; er war müde von einer Schlittenreise und blieb nicht lange. Vielleicht ärgerte es ihn auch, zu sehen, wie ihre Rollen die beiden zwangen, sich immer wieder zu umarmen. Die betreffende Szene war so schwierig, daß Gregory sie ein halbes dutzendmal wiederholen ließ. Jedenfalls kam Corliss nie wieder zu einer Probe.

Corliss hatte sehr viel Arbeit. Wenn er Geselligkeit suchte, tat er sich jetzt mit Jacob Welse und Oberst Trethaway zusammen. Er lernte ununterbrochen, auf seinen Schlitten reisend und im Gespräch mit den bewährten Pionieren, denn er hatte herausgefunden, daß sein ganzes Wissen bisher Theorie war. Seine große Gründung, an der Jacob Welse sich auch mit einigen Millionen beteiligte, bedingte praktische Grundlagen. Corliss wunderte sich selbst, daß es in London Leute gab, die ihm eine so verantwortliche Aufgabe und große Kapitalien anvertraut hatten, ehe er noch eine Ahnung gehabt, um was es sich eigentlich handelte.

„Sie haben Protektion, mein Junge!“ lachte Trethaway. „Protektion ist ganz gut für den Anfang. Aber jetzt sollen die Kerls auch merken, daß Sie wirklich was leisten.“

Del Bishops Aufgabe bestand darin, nach den Anordnungen seines Chefs die verschiedenen Flüsse zu bereisen, wozu ihm die beste Ausrüstung und ein prachtvolles Hundegespann zur Verfügung standen. Er war ein hervorragender Kundschafter, aber vor allem vergaß er über den Interessen der Gesellschaft nicht, für sich privat Ausschau nach neuen Fundstellen zu halten. Sein Wissen sollte ihm zustatten kommen, wenn er im Sommer wieder auf eigene Faust auf die Goldsuche ging.

Frona hörte über Corliss nur das Beste. Daß er ein tüchtiger Arbeitgeber, ein unermüdliches Vorbild für seine Leute war, daß man in seinem Dienst entweder kräftiger und männlicher wurde oder ihn schimpfend verließ. Sie freute sich darüber, aber ihre ganze Zeit nahm Gregory St. Vincent allmählich in Anspruch. Anfangs hatte sie manchmal an seiner Wahrheitsliebe gezweifelt, aber jeder, der selbst von der Welt etwas gesehen hatte, mußte zugeben, daß seine wunderbaren Berichte den Tatsachen entsprachen. Es gab Leute, die sich deutlich erinnerten, mit welch ungeheurem Aufsehen die zivilisierte Welt

Gregory begrüßt hatte, als er der Gefangenschaft der Hirschmenschen entflohen war.

Daß Corliss Fronas neuen Freund ablehnte, war offensichtlich. Es gab noch ein paar andere Herren, die nichts von ihm wissen wollten. Aber von der Massenprügelei im Wirtshaus, bei der sie Mißtrauen gegen den Welterforscher gefaßt hatten, wurde nie gesprochen, und so erfuhr Frona nicht, was man gegen Gregory hatte. Einmal aber, als Corliss mit anhören mußte, wie Gregory als ein zweiter Achill gepriesen wurde, wurde er so gereizt, daß ihm ein Wort über den Boxabend entfuhr. Es tat ihm sofort leid, sein Temperament war mit ihm durchgegangen, aber Frona schien gar nicht überrascht.

„Ich weiß", sagte sie, „Herr Dr. St. Vincent hat mir davon erzählt. Sie und Oberst Trethaway, Sie sind ihm sehr tapfer zur Seite getreten. Ich kann sagen, daß er Ihnen dankbar ist."

Corliss machte eine abwehrende Bewegung.

„Nein, nein, Vance, nach dem, was er sagte, müssen Sie sich fabelhaft benommen haben. Ich bin stolz auf Sie. Schade, daß ich kein Mann bin, da wäre ich gern dabei gewesen!"

Fronas Augen funkelten: „Und er selbst, Vincent? Hat er sich gut geschlagen?"

„Ach, ich glaube, sehr ehrenvoll ... Eigentlich hatte ich zuviel mit mir zu tun, um auf die anderen zu achten."

„Er ist so bescheiden, er erzählt nie von der Rolle, die er selbst gespielt hat. Aber man kann sich das ja alles vorstellen", schloß Frona das Gespräch.

Stellen Sie sich jetzt einmal so ein dickes, blutiges, ganz scharf gebratenes Beefsteak vor, natürlich in Butter gebraten, mit Zwiebeln und ganz fein geschnittenen Kartoffeln, Herr Corliss", träumte Bishop im Zelt, das nach Petroleum und Speck stank. „Dazu – na, sagen wir, eine Flasche Porter und eine Flasche Ale, in einem Humpen zusammengemischt. Im Hintergrund – natürlich müssen Sie sich dann auch einen Speisesaal mit roten Plüschmöbeln denken –, im Hintergrund eine richtige Musik mit Schlagzeug und Blechinstrumenten. Und dann so was Weiches, Duftiges in Ihrer Nähe, so, was man ein richtiges Weib nennt ... mit dicken Beinen, aber nicht zu dick, – also stellen Sie sich das vor. – Der Busen etwa so ..."

„Und jetzt denken Sie, daß ich gar nicht weit von all dem bin. Nächsten Herbst spätestens will ich mir das in San Franzisko zu Gemüte führen, aber nicht einmal, sondern vier Wochen lang jeden Abend, meinetwegen auch in New York. Dann gehen wir zusammen ins Theater, und was dann kommt, das können Sie sich ruhig auch vorstellen. Und was es kostet, danach frag' ich den Teufel."

„Dann wird das Geld bald zu Ende sein, und Sie können wieder Gold suchen."

„Das werden Sie nicht erleben!" grunzte Bishop. „Vorher hab' ich mir natürlich meine Obstfarm in Südkalifornien gekauft und damit das Kapital in Sicherheit gebracht. Eine Prachtfarm habe ich schon lange auf dem Kieker. So an 40 000 Dollars werde ich wohl reinstecken müssen. Mit diesen beiden Händchen wird hienieden keine Arbeit mehr angefaßt, das kann ich Ihnen schwören. Dazu hab' ich meinen Verwalter und meine zwei Dutzend Knechte ..., ich bin der Herr Chef, und wenn's mal nicht ordentlich geht, dann können die Lümmels was erleben. Im Stall hab' ich ein paar Gäule stehen, aber was für Gäule! Aus Stahl, und die Haut so zart wie Kinderpopos. Wenn mich die Unruhe packt, das Goldfieber soll ja nie ganz aufhören in einem Menschen, der einmal gegraben hat, dann werfe ich ihnen Sattel und Gepäck auf, und heidi, geht's los!"

„Und wie denken Sie sich das Zuhause?"

„Das Gutshaus steht schon auf meiner Farm. Wicken und Kresse an den Mauern und davor ein Gemüsegärtchen, man kann schon sagen ein Gemüsepark. Da habe ich vorhin was vergessen, wie wir vom Beefsteak sprachen, na, das können wir ja nachholen. Also, denken Sie sich auch noch Spinat, Tomaten, Spargel, Karotten, Gurken, wissen Sie, auch alles in Butter und mit so ganz hellen Farben, das Rot, das Gelb, das Grün ... das kommt gleich nach dem Gebratenen. Wie schmeckt der Speck, Herr Corliss? Das Gewisse, das Weiche und Runde, wissen Sie – das in San Franzisko –, das hab' ich natürlich dort gelassen. In meinem Haus ist auch so was, nicht ganz so parfümiert und überhaupt mehr solid. Bei mir zu Hause muß es ordentlich zugehn, die Frau muß auch zugreifen, wissen Sie. Aber nachts ist es dann doch ganz schön mit ihr. Das muß der Mensch für die Dauer haben – und außerdem was zum Vergnügen."

Während sie ihr Blechgeschirr mit Schneewasser reinigten und das Zelt mit Pfeifenrauch füllten, wurde Del Bishop wieder sachlicher.

„Das ist doch merkwürdig, Herr Corliss, Sie haben soviel mit Minen zu tun, aber das Goldfieber existiert gar nicht für Sie? Passen Sie nur auf, daß es Sie nicht eines Tages auch packt. Das ist schlimmer als Whisky, Pferde und Karten. Sogar die Weiber sind gar nichts dagegen. Am besten schützt man sich, wenn man vorher heiratet. Wenn man eine Frau hat, kann die Phantasie nicht mehr so draufloswuchern. Weiber machen dabei nicht mit, sie haben den richtigen Schwung nicht, und dann bleibt man auch selbst eher in seinen Grenzen. Ich hätte vor Jahren heiraten sollen, dann wäre vielleicht etwas aus mir geworden. Nehmen Sie mich zum warnenden Beispiel, Corliss!“

Corliss lachte traurig.

„Es ist mein heiliger Ernst! Ich bin zwar Ihr Angestellter, aber ich bin älter als Sie und weiß, was ich rede. Da ist so ein gewisses Fräulein in Dawson, mit der möchte ich Sie gerne zusammen sehen. Könnte eine ganz gute Mischung geben.“

Auf Schlittenreisen, wenn man immer in einem Raum haust und dieselben Decken benutzt, werden Männer entweder Feinde oder Brüder. Corliss dachte gar nicht daran, Bishops Anspielung als eine Unverschämtheit zu betrachten. Er wurde nur nachdenklich.

„Warum gehen Sie nicht drauflos und kapern sich das Mädel? Wollen Sie mir erzählen, daß Sie nicht verliebt in sie sind? Das hat mir mein kleiner Finger zugejuckt, wie ich Sie zum erstenmal in meinem Leben gesehen hab'! Damals, in Happy Camp. Da sind Sie aus Ihrer Hütte herausgetreten und haben ausgesehen wie einer, der aus den Wolken fällt. Aber jetzt ist der Augenblick da, und der kommt nicht wieder. Stellen Sie sich vor, da war mal eine gewisse Annie. Das war ein Mädel, was Besseres kann ich mir nicht vorstellen, für mich nämlich. Alle zehn Finger leck' ich mir heute noch ab, wenn ich an sie denke. Von früh bis spät auf den Beinen, blitzsauber. Aber ich hab' die Zeit verstreichen lassen, immer mit dem verfluchten Gold vor den Augen. Kommt da eines Tages so ein großer schwarzer Kanadier an, ein Holzhändler, macht Männchen über Männchen und verdreht ihr ein bißchen den Kopf. Macht nichts, denke ich mir, noch einmal geh' ich auf die Goldsuche, und dann komme ich als Millionär zurück. Schnecken, Herr Pfarrer! Ich bin ohne die Million zurückgekommen ... und sie war schon längst seine Frau. Da ist jetzt das Stinktier bei Ihrem Mädel, der Kerl, dem ich damals einen Nasenstüber gegeben habe. Schwänzelt um sie herum und verdreht seine Glubschaugen. Was tun Sie? Laufen durch die Welt und halten sich nicht an die Sache. Mein lieber Corliss, an einem schönen Frosttag werden wir zusammen in Dawson einhinken, und da werden Sie ein wunderschönes Pärchen vorfinden, Ihr Fräulein Braut und das Stinktier als Ehegemahl. Und was haben Sie dann? Einen Dreck und eine Photographie.“

Corliss drehte sich um und sagte: „Wunderschön wäre es, wenn Sie jetzt endgültig das Maul hielten, Bishop."

„Wer? Ich?"

„Nein, Sie!"

Bishop war gekränkt, aber dann hörte er Corliss lachen und dachte gar nicht mehr daran, zu schweigen.

„Ich will Ihnen in aller Freundschaft sagen, was Sie zu tun haben: sobald wir zurück sind, waschen Sie sich die Hände, binden sich einen sauberen Kragen um, gehen zu Ihrem Mädel, machen für jede Stunde und für jeden Tag etwas anderes mit ihr aus und legen so viel Beschlag auf ihre Zeit, daß das Stinktier einfach in einer Versenkung verschwindet. Wenn Sie die Sache dann so weit getrieben haben, daß man Sie anlächelt, wenn Sie kommen, und ein Maul zieht, wenn Sie gehen, dann greifen Sie gefälligst mit ihren beiden Vorderflossen zu, nehmen die Kleine mit einem Arm oben rum und mit einem Arm so um die Mitte und ziehen die ganze Geschichte so fest an sich, daß keine Briefmarke mehr dazwischen Platz hat. Dann wird Ihnen noch allerlei von selber einfallen, was dazugehört, und dann sagen Sie: Morgen spreche ich mit deinem Vater. Wie es dann weiter ausgeht, das kann ich Ihnen allerdings auch nicht sagen. Manchmal wird so was mit der Zeit immer schöner, man hat auch von Fällen gehört, die weniger erfreulich verliefen. Aber heiraten müssen Sie auf jeden Fall. Das soll eine Geschichte zum Totlachen sein, die muß jeder mal versucht haben. Am besten, ehe einer zu alt dazu ist und schließlich nichts leistet, wenn es drauf ankommt."

Er trank, dampfte und dachte nach. Dann schloß er: „Dem Stinktier, falls es sich mausig machen sollte, kleben Sie eine in den Bauch oder an die Stelle, wo ich damals aus Versehen hingekommen bin mit meinem Händchen. Dann merkt er gleich, daß er Ihnen nicht sehr sympathisch ist, denn für dergleichen hat er ein ungeheuer zartes Empfinden, und zieht sich zurück. Sie haben's ganz bestimmt nicht erst nötig, ihm den Schädel einzuschlagen."

Damit stand Bishop auf, kratzte sich, wo es ihn juckte, das heißt überall, und ging nach geraumer Zeit hinaus, um die Hunde zu füttern.

Wieder einmal war Fronas Empfangszimmer voll von Menschen gewesen, darunter ein Franzose, Baron Courbertin, den St. Vincent eingeführt hatte. Die beiden standen auf Neckfuß miteinander. Sie kannten sich aus langvergangenen

Tagen, hatten in Yokohama das Kirschblütenfest gefeiert, wußten viel von Geishas und dem Fudschijama zu berichten. Eine Zeitlang hatte Courbertin das Wort geführt, aber dann spürte er Gregorys Mißbehagen, und als ein ritterlicher Freund zog er ihn auf, wie man eine Spieluhr aufzieht.

„Jetz abbe Sie sick lang in Réserve geallten! Vincent, ick kennen Sie nickt wieder! Wo ist die Elan? Die alte Elan? Ick sprecken und sprecken – Sie macke silence, allons donc, sprecke Sie!"

Es war nicht schwer, den Geographen zum Reden zu bringen. Er ließ eine Kanugeschichte vom Stapel, bei der sich allen Zuhörern die Haare sträubten. Er war mit einem feigen Kameraden den Kanonstrom hinuntergereist. Vor den Weißroß-Schnellen war der Bursche ausgestiegen und hatte es ihm allein überlassen, sich durch die Strudel zu kämpfen. Seine Nußschale von Boot war über die Schnellen getanzt, schwere Brecher waren über die Reling geschlagen und hatten das Boot fast zum Kentern gebracht. Auf Haaresbreite war er an tödlichen Riffen vorbeigeschifft, um endlich nach einer Todesfahrt von nur wenigen Minuten, die für ihn eine Ewigkeit voll von Schrecknissen bedeutete, ans sichere Ufer zu treten. Dann hatte er viele Stunden warten müssen, bis sein Kamerad ihn zu Fuß einholte.

„Eine feige Bestie!" rief einer aus der Gesellschaft.

„Sagen Sie das nicht", belehrte ihn St. Vincent. „Persönlicher Mut ist nichts anderes als Nervensache. Man hat ihn, oder man hat ihn nicht, manche Menschen versagen in der Lebensgefahr und finden danach den Mut, sich beispielsweise selbst umzubringen. Ist es nicht merkwürdig, daß jemand um sein Leben zittert und doch stark genug ist, es von sich zu werfen?"

„Aber Sie! Aber Sie!" rief Frau Sheffield. „Wieviel tausend Mal haben Sie dem Tod ins Auge gesehen, und man hört es aus jedem Ihrer Worte, daß Sie nicht mit der Wimper gezuckt haben!"

Frau Sheffield lud St. Vincent und den Baron zum Abendessen ein, der Zufall brachte es mit sich, daß Frona und Corliss zusammen den Heimweg antraten. In schweigender Übereinkunft bogen sie zu einem großen Rundweg um Dawson aus, überkreuzten zahllose Fußwege und Schlittenpfade und kamen in die tiefe, schweigende Einsamkeit eines Winterabends in Alaska. Die Sonne hatte an diesem Tag kaum eine Stunde lang ein ärmliches, blasses Licht gespendet, schon um drei Uhr nachmittags war der Himmel voll von Sternen gewesen, und jetzt zeigten sich am Horizont die phantastischen Feuer des Nordlichts, ein zitterndes, flammendes, funkelndes Licht, erregend und dennoch kalt wie der Weltraum selbst.

Sie schritten in dieser magischen Beleuchtung hin, der Schnee knirschte unter ihren warmen Mokassins, ihr Atem kräuselte sich in weißen Dunstwolken. Zu ihren Füßen lag unter der großen Himmelswölbung ein dunkler Fleck inmitten der grenzenlosen weißen Einsamkeit: die Goldstadt Dawson, wie ein schwacher menschlicher Protest gegen die Unendlichkeit. Keiner von ihnen mochte sprechen, so wundervoll war alles, so unbeschreiblich gut tat es, die Lungen mit jedem Atemzug dieser eisgekühlten, würzigen Luft neu zu beglücken.

Männerstimmen und Rufe durchbrachen die Stille ganz in ihrer Nähe, dann kam heiseres Bellen, Peitschen knallten, ein beladener Hundeschlitten schwankte heran. Den reifbedeckten Wolfshunden hingen die warmen Zungen rot aus den heiß dunstenden Mäulern. Die beiden wußten nicht, welche Fracht man zu dieser Stunde hier um die Stadt herumführte, und blieben stehen. Auf dem Schlitten stand eine lange schmale Kiste aus ungehobelten Kieferbrettern. Darauf lag ein Kruzifix. Es war ein Leichenbegängnis. Zwei Peitschen schwingende Hundetreiber liefen rechts und links des Schlittens. Dahinter wankte eine fast blind geweinte Frau, ein Geistlicher im schwarzen Ornat gab ihr das Geleit.

„Ein toter Pionier“, brach Frona das Schweigen, als unter Winseln, Rufen und Knallen der Sarg in der Ferne verschwunden war, einer Art von Totenkammer entgegen, die man irgendwo vor der Stadt in das Eis gehauen hatte.

Corliss' Gedanken gingen in gleicher Richtung wie die Fronas.

„Goldsucher“, sagte er, „aber Pioniere, da haben Sie recht. Sie kämpfen wie Soldaten im Krieg gegen Kälte und Hunger, ihre Waffen sind Zähigkeit und die Kraft, zu leiden. Ich kann verstehen, daß alle siegreichen Rassen aus dem Norden gekommen sind, um zu herrschen. Stark im Wagen, stark im Dulden, mit unendlichem Glauben und unendlichem Mut ausgerüstet, mußten sie sich die Welt unterwerfen.“

Ein altes nordisches Lied fiel ihm ein: „Wir schwangen unsere Schwerter im Kampf“, sang er. „Da lohte mein Herz, als läge meine weiße Braut bei mir auf dem Ruhebett. Ich schritt den Gefährten voran mit dem blutigen Stahl; uns folgten die Raben. Feuer fraß die Häuser der Menschen! Wir schliefen im Blute derer, die die Tore bewacht!“

„Fühlen Sie das wirklich?“ fragte sie, die Hand in seinem Arm.

„Früher war mir all das nur Schulweisheit, unsere ganze Wiking-Vergangenheit hat mir nie etwas gesagt, Frona! Ich war ein kleiner Student, ich hatte Formeln und Logarithmentafeln im Kopf, und von wem ich abstamme, danach habe ich kaum gefragt. Das heißt, wissen Sie, mein Blut hat nicht danach gefragt, nicht einmal ein Traum hat mir davon erzählt.“

„Und jetzt?“

„Hier oben im Norden ist mir das alles plötzlich bewußt geworden.“

Er sah Frona mit bewundernden Augen an, ihre Silhouette zeichnete sich scharf von der flammenden Luft ab. Der Reif in ihren Brauen und Wimpern schimmerte wie Juwelen. Ihr Gesicht stand ganz in diesen Strahlen. Wie ein Genius der nordischen Rasse erschien sie ihm, bei ihrem Anblick standen längst vergangene Generationen in seiner Seele auf. Er empfand, wie seine Väter in Sturmgetöse und Wogenprall kampftüchtige Schiffe mit scharfem Bug aus diesen Breiten hinunter in den Mittag gesteuert hatten, ringsherum um Europa. Wikinger hatte man sie geheißen, die mit eisernen Muskeln und gewaltigen Brustkästen aus dem Element selbst entstanden waren, um plündernd wie Herrgottsgeißeln über die warmen Südlande hinzufahren. Leidenschaftlich griff er nach Fronas Hand.

„Die weiße Braut auf meinem Ruhebette! Frona! Hier unter den Sternen, im Nordlicht ...“

Er brach ab; der Schwung seines Herzens wollte sich ihm nicht zu Worten gestalten. Das Nordlicht zerflackerte mit einem letzten, unsicheren, blaßgelben Schein. Jetzt glitzerten nur noch die Sterne, und jetzt erst war wirklich Nacht. Ganz von fern hörte man die Hunde des Leichenschlittens klagend heulen.

„Werden Sie meine Braut, Frona!“

Eine Minute lang wurde kein Wort gesprochen. Eine Minute lang beobachtete Corliss, wie aus Fronas Gestalt das Siegesgewisse verschwand, ihre Gestalt klein wurde und zusammensank. Er las auf ihrem Gesicht die bittere Notwendigkeit, ein Wort sprechen zu müssen, das ihm weh tat.

„Ich war ein Narr ... sagen Sie nichts ... Ich weiß meine Antwort ...“

Frona bat: „Lassen Sie uns gehen.“

Erst als sie den Berg hinter sich gelassen, die Ebene durchschritten hatten und bei der Sägemühle am Fluß ankamen, als geschäftige Menschen rings um sie waren, konnten sie ein Gespräch wieder aufnehmen.

„Es tut mir so leid", stammelte sie. Und dann, unbewußt sich selbst verteidigend, „und es war alles so schön vorher ... so schön ... Aber das hatte ich nicht erwartet ..."

„Sonst hätten Sie meine Frage verhindert?"

„Ja, ich glaube. Ich wollte Ihnen ja nicht wehe tun."

„So haben Sie es also erwartet?"

„Vielleicht gefürchtet. Aber zugleich hatte ich gehofft ... Sehen Sie, Vance, ich bin nicht nach Klondike gekommen, um mich zu verlieben. Und erst recht nicht, um zu heiraten. Gefallen haben Sie mir vom ersten Augenblick an, eigentlich gefallen Sie mir immer besser. Und nie haben Sie mir besser gefallen als gerade heute. Aber ..."

„Aber meine Frau zu werden, daran haben Sie nie gedacht. Das wollen Sie doch sagen?"

Er sah sie von der Seite an, scharf und forschend, und in diesem Augenblick machte ihn der Gedanke, sie zu verlieren, rasend.

„Ich habe sogar daran gedacht", antwortete sie. „Ich habe daran gedacht, aber der Gedanke hat keine Gewalt bekommen. Sie haben so viele große Eigenschaften, Vance, so vieles, Herzlichkeit und Güte und Kraft ..."

Er versuchte mit einer Handbewegung, sie zum Schweigen zu bringen, aber jetzt wollte sie sprechen.

„Ein wundervoller Kamerad sind Sie. Das größte, was ein Mensch dem andern geben kann, ist eine Freundschaft, wie Sie sie zu geben haben. Wenn das gekommen wäre, was Sie glauben, ach, ich wäre sehr glücklich gewesen. Ist es meine Schuld, daß es nicht kam?"

Er versuchte es mit einem Scherz, so bitter, daß er ihm selbst weh tat.

„Sie hätten gern den unwillkommenen Gast willkommen geheißen?"

„Warum machen Sie mir alles noch schwerer, als es ist, Vance? Warum helfen Sie mir nicht lieber? „Nein" hören müssen ist furchtbar hart, aber „Nein" sagen müssen ist noch viel schrecklicher. Ich habe einen lieben, lieben Freund, den will ich nicht verlieren."

„Ein Freund geht verloren, wenn er ein Liebender wird, Frona. Ich hätte nie den Mund auftun dürfen. Jetzt ist alles so klar und so furchtbar hoffnungslos. Aber wenn ich geschwiegen hätte, es wäre doch dasselbe gewesen."

In diesem Augenblick wurde ihm bewußt, daß er wohl vor wenigen Wochen noch auf seine Schicksalsfrage eine ganz andere Antwort bekommen hätte. Das machte bitter.

„Sie sind ein Mädchen wie die meisten. Jeder Tag verwischt den vergangenen. Da erscheinen neue Gedanken und Gesichter, Männer mit wunderbaren Abenteuern, neben denen ein nüchterner kleiner Bergwerksingenieur nichts zu bedeuten hat."

Jetzt war sein ganzes Herz voll Wut. Er wollte sie in Worten ausschütten und fühlte, wie diese Worte sich zu Unflat in ihm ballten. Die ganze Wahrheit über diesen Burschen St. Vincent sollte sie hören, der ihm mit Lüge und Schaumschlägerei sein herrliches Mädchen gestohlen hatte. Aber sie unterbrach ihn.

„Sprechen Sie nicht, Vance. Was Sie jetzt sagen wollen, will ich nicht hören. Ich verstehe, was Sie fühlen, streiten will ich nicht mit Ihnen, deshalb ist es besser, Sie schweigen."

„Wenn Sie mich für streitsüchtig halten, will ich Sie lieber verlassen."

Er blieb plötzlich stehen, und sie stand neben ihm.

„Dort kommt Dave Harney", sagte er. „Er kann Sie nach Hause begleiten. Es sind ja nur ein paar Schritte."

„Sie benehmen sich schlecht gegen mich und abscheulich gegen sich selbst." Sie sprach weiter mit Entschiedenheit, aber aus ihrer Stimme klang es wie ein ganz leises, unterdrücktes Weinen. „Ich lehne es ab, Vance, dies als ein Ende zu betrachten. Wir haben noch keinen Abstand dazu. In diesem Augenblick verstehen wir uns selbst nicht. Aber wenn wir beide ruhig geworden sind, müssen Sie wieder zu mir kommen."

Als er den Kopf schüttelte, fuhr sie auf: „So lasse ich mich nicht behandeln! Das ist kindisch von Ihnen, das habe ich nicht verdient! Sie sollen mein Freund bleiben! So, wie es bisher war, soll alles bleiben."

Dave Harney kam herangeschlendert; er rief „Hallo!“ und griff an seine Mütze.

„Hab' ich auf Sie eingeredet wie auf einen lahmen Schimmel, Corliss, daß Sie Hunde kaufen sollen, oder nicht? Die Lippen habe ich mir fusselig geschwatzt, aber Sie haben nicht gehört. Gestern sind die Hunde um einen Dollar das Pfund gestiegen, und ich wette meinen Kopf gegen einen alten Hut, daß sie noch weiter in die Höhe gehen, bis ins Aschgraue, sage ich Ihnen! Guten Tag, Fräulein Frona, wollen wir alle drei zusammen weitergehen?“

„Ich habe eine Verabredung, mich müssen Sie schon entschuldigen“, log Corliss und griff an seine Mütze.

„Am Mittwoch! Am Mittwoch nachmittag, Vance!“ rief Frona ihm nach, die Stimme voll Angst.

„Ich fürchte, daß ich keine Zeit dazu finde. Leben Sie wohl! Auf Wiedersehen, Herr Harney!“

„Das ist ein Arbeitstier!“ bemerkte, ihm nachschauend, Dave. „Mit Kleinigkeiten gibt er sich nicht ab. Und dabei denkt er nur an seine Gesellschaft; der Kerl hat überhaupt keinen Selbsterhaltungstrieb. Kann ein gesunder Mensch so ein Narr sein, bei dieser Konjunktur keine Hunde zu kaufen?“

Corliss stürzte sich aufs neue in seine Arbeit, um alles zu vergessen, was er „Privatleben“ nannte. Er verhetzte seine Tage auf Schlittenfahrten, marschierte sich müde, daß er abends steif und besinnungslos ins Bett fiel, vermaß und zeichnete, als sollte er das Programm eines Jahres in Wochen erfüllen. Aber nur wenn er wachte, blieb er Herr über seine Gedanken. Wehrlos war er, wenn er schlief. Del Bishop, der fast immer mit ihm zusammen war, sah diese Ratlosigkeit, sah, daß sein Chef wenig aß und unruhig schlief, und härmte sich mit ihm zusammen ab.

Der Goldsucher hatte aus verschiedenen Anzeichen, die den meisten völlig entgangen waren, einen absolut richtigen Schluß gezogen. Wie ein Jagdhund den Schweiß des Wildes, hatte er die Witterung von großen Goldfunden in die Nase bekommen; zum erstenmal in seiner Praxis glaubte er sich mit Sicherheit dem Ziel ganz nahe. Dazu brauchte er einen tüchtigen und tatkräftigen Corliss, der mit ihm am gleichen Strange zog. Er dachte nicht daran, allein reich zu werden. Seine Mannentreue war zu einer Art sentimentaler Liebe geworden. Er wollte, daß auch sein Chef das große Glück von Alaska machte. Wenn „das

Stinktier“ dabei im Wege war – denn es war ja kein Zweifel, woran Corliss litt, daß ihm das Fleisch von den armen Rippen fiel –, dann mußte er den Kerl aus dem Wege schaffen, und er würde sich nicht lange überlegen, auf welche Art. Vorerst aber durfte selbst seine Rachgier die große Chance nicht vereiteln. Es kam ja nicht nur darauf an, zu wissen, wo Gold lag, sondern man mußte der erste sein, der seine Rechte in die Listen eintragen ließ. Goldsuchen ist eine Art Wettrennen, bei dem es meist nur einen Sieger gibt.

An einer Flußgabel, da, wo der Bonanza sich vom Eldorado abzweigt, verlangte er eines Tages in vollem Marsch, daß sie haltmachten.

„Hab' ich Sie je um etwas gebeten, Corliss? Nein! Heute bitte ich Sie, da können Sie nicht nein sagen. Wissen Sie, daß hier, keine fünf Minuten von dieser Stelle, meine Obstfarm vergraben liegt? Wenn Sie eine Nase hätten wie ich sie habe, könnten Sie die reifen Apfelsinen schon riechen.“

„Dann bleiben Sie eben hier, Bishop, und ich fahre weiter. Sie kommen mir nach, wenn Sie mit Ihrer Privatarbeit fertig sind.“

„Ich will Sie aber auch dabeihaben. Das könnten Sie doch eigentlich begreifen? Schließlich spreche ich ja nicht Indianisch, sondern eine Sprache, die Sie so ziemlich verstehen sollten. Wenn es sich um Chemie und um solches Zeug handelt, was man aus den Büchern lernt, wenn man die Geduld hat, sich die Hosen durchzurutschen, dann sind Sie ein ganzer Kerl. Nein, Sie sind auch sonst ein ganzer Kerl, sonst würde ich nicht so mit Ihnen sprechen. Aber wenn es darauf ankommt, mit den Fingerspitzen zu lesen und mit der Nase zu messen, dann braucht man so einen Kerl, wie ich bin, und schließlich sollte man Gott danken, wenn man ihn hat. Diesmal hören Sie zu, für heute bin ich der beliebte Erzähler.“

Corliss lachte, und Bishop wurde wütend.

„Da gibt's gar nichts zu grinsen! Was ich behaupte, das baut sich auf Ihrer eigenen Lieblingstheorie auf, das mit den Überschwemmungen und veränderten Flußbetten und all diesem Kram. Aber ich habe auch nicht umsonst zwei Jahre lang bei den Mexikanern Gold gesucht. Aus Gesundheitsrücksichten allein bin ich nicht nach Alaska gegangen. Ich kann euch verdammt klugen Mineningenieuren in einer Minute mehr von Eldorado erzählen, als ihr mit all euern Brillen in einem ganzen Monat herausrechnen könnt. Ich würde Sie zum Teufel jagen, wenn ich nicht Ihr ergebenster Diener und Ihr Freund wäre. Aber weil ich das bin, befehle ich Ihnen einfach, hierzubleiben. Heute nacht schlafen

Sie hier, und nächstes Jahr können Sie sich eine Obstfarm neben meiner kaufen, und dann sind wir Nachbarn, wenn auch von Ihrem Haus zu meinem zwanzig Meilen Reitweg ist. Der geht aber nur über eigenes Land, Ihres und meines!"

„In Gottes Namen. Dann bleiben wir hier. Ich mache meine Aufzeichnungen, und Sie können herumschnüffeln."

„Ich will Sie aber dabei haben!"

„Ich bleibe ja. Was wollen Sie noch mehr?"

„Mit der Nase will ich Sie auf den Goldschatz stoßen, das will ich. Sie sollen mit mir zusammen Entdecker sein."

Jetzt riß Corliss die Geduld.

„Lassen Sie mich mit Ihrer gottverfluchten Obstfarm in Ruh, Sie alter Esel! Ich bin saumüde und verflucht schlechter Laune. Wenn Sie wirklich eine Nase hätten, hätten Sie das längst gemerkt. Treiben Sie Ihren Mumpitz, bis Ihnen der Zinken abfriert, ich bleibe im Lager. Verstanden?"

„Sie undankbarer Hund, der Sie sind, Corliss! Nacht um Nacht liege ich wach und quäle mir das Hirn auseinander mit meinen Theorien und rechne, daß meine zehn Finger kaum ausreichen, und will Sie beteiligen, und was tun Sie? Schnarchen tun Sie und „Frona!" „Frona!" wimmern."

„Wollen Sie Ihre gottverfluchte Schnauze halten?"

„Den Teufel will ich halten. Wenn ich bei den Goldminen so dreifach vernagelt wäre, wie Sie bei den Weibern ..."

Jetzt fuhr Corliss mit geballten Fäusten auf Del Bishop los, jetzt gab es nichts mehr als die Fäuste. Aber gerade das hatte Bishop bezweckt. Er bückte sich blitzschnell, wich rechts und links aus, und immer stießen Corliss' Fäuste ins Leere.

„Einen Augenblick, junger Herr!" lachte er bei Corliss' drittem wütendem Angriff. „Nur eine Sekunde, um einen Pakt zu schließen. Wenn Sie mich verdreschen, können Sie mich herausschmeißen. Nehmen Sie das an?"

„Ja."

„Und wenn ich Ihnen das Leder gerbe, wollen Sie dann mit auf den Berg kommen?"

„Ja."

„Also los!“

Bishop wußte, daß Corliss nicht die geringste Aussicht hatte, zu siegen. Er tanzte um den hilflosen Gegner herum, blockte und fintierte, ließ sich zum Schein treffen, bis Corliss der Atem ausging. Der fühlte, daß seine Muskeln nicht mehr gehorchten; sein Hirn sandte Befehle aus, die sie nicht ausführen wollten; er dampfte von Schweiß in den eisigen Tag hinein ... dann auf einmal wußte er gar nichts mehr.

Eine Minute später bemerkte Corliss, daß er ausgestreckt im Schnee lag, daß Bishop ihn mit Eiswasser abrieb und ihm dazwischen zärtlich die Backen klopfte. Sein Kopf lag auf Dels Knien. Während langsam das Bewußtsein zurückkehrte, fühlte er sich unbeschreiblich wohl.

„Wie haben Sie das nur gemacht?“ stotterte er.

„Oh, Sie werden noch mal ganz gut“, lachte Del Bishop und half ihm auf die Beine. „Sie haben noch keinen Punch, aber den bringe ich Ihnen schon noch bei. Neulich in der Schenke, mit einem ordentlichen Whisky auf der Lampe, haben Sie sich eigentlich besser geschlagen. Aber die Anlage ist nicht schlecht, und wenn wir Zeit haben, bringe ich Ihnen noch so einiges bei, was auch nicht in den Büchern steht. Jetzt wird's aber Zeit, daß wir ein Lager aufschlagen, und dann gehen Sie mit mir in die Berge.“

Als er das Feuer im eisernen Öfchen in Gang gebracht hatte, kicherte er:

„Boxen ist doch ein ganz nützliches Gewerbe, was? Eigentlich haben Sie nie so recht gewußt, wo der ergebenst Unterzeichnete eigentlich war. Wenn Sie mit Ihrem geballten Händchen ankamen, dann war die versoffene Fresse von Del Bishop immer ganz woanders, hihi. Aber denken Sie, wenn Sie erst was gelernt haben, und Sie landen dann mal so richtig in meine Backzähne hinein? Da wird Ihnen das Herzchen lachen?“

Dann kommandierte er streng: „Jetzt nehmen Sie eine Axt und kommen mit!“

Sie bewaffneten sich mit Hacke, Schaufel und der Goldgräberpfanne; Bishop marschierte voraus und bahnte den Weg über die Terrassen. Corliss, dem alle Knochen weh taten, marschierte hinter drein. Er mußte über sich selbst und die ganze Situation lachen. Del Bishop freute sich über den Gehorsam des Mannes, in dessen Brot er stand. Ab und zu wandte er sich um und grinste seinen Chef an:

„Nur Mut, junger Mann! Aus Ihnen mache ich noch was; Sie haben das Zeug dazu!“

Dann kamen sie an die Stelle, die Del Bishop ausforschen wollte. Er warf das Gerät nieder und untersuchte sorgfältig den schneebedeckten Boden.

„Nehmen Sie die Axt, gehen Sie da hinauf, und bringen Sie mir gutes, trocknes Brennholz!“

Als Corliss mit dem Arm voll Brennholz zurückkam, hatte Bishop schon Schnee und Moos fortgekratzt und etwas in den Boden gezeichnet, das wie ein gewaltiges Kreuz aussah.

„Ich will nach beiden Richtungen hineinkratzen“, erklärte er; „entweder liegt die Goldtasche hier oder dort drüben. Aber wenn ich recht habe, dann muß es genau hier sein, wo die beiden Linien sich schneiden. Der Grundfelsen ist oben eingebuchtet. Dort ist es tief und vermutlich reicher als hier, aber das macht soviel Mühe. Hier ist der Terrassenrand. Es kann nur ein paar Fuß sein. Wir brauchen nichts zu tun als die Stelle zu bezeichnen, dann können wir von der Seite anbohren.“

Bei diesen Worten zündete er hier und da auf dem kahlen Flecken kleine Feuer an.

„Jetzt spitzen Sie die Ohren, Corliss. Glauben Sie nicht, daß dies schon etwas ist – nein, das ist noch ganz gewöhnliche Lehrlingsarbeit. Aber“ – er richtete sich auf und sprach plötzlich mit tiefem, ehrfürchtigem Ernst: „Goldsuchen ist die höchste Wissenschaft und die größte Kunst auf Erden. Es ist eine so feine Arbeit, daß man nicht um ein Haar breit fehlgreifen darf; Hände und Augen müssen so zuverlässig sein wie Stahlwerkzeuge. Wenn man sich das Gesicht zweimal täglich blauschwarz anbrennen läßt und eine ganze Schaufel voll Kies ausgewaschen hat, ehe man auch nur ein einziges Körnchen reines Gold findet, dann erst hat man gewaschen. Daß Sie es wissen. Heute zum Beispiel wird noch lange nichts gegessen, und wenn Ihnen der Magen noch so sehr knurrt. Einstweilen wird gesucht.“

Er trat eines von den Feuern aus. Da nahm er die Hacke, der Stahl drang in die Erde ein, und dabei gab es einen metallischen Klang, als wäre er auf eine Zementschicht gestoßen.

„Noch keine zwei Zoll tief aufgetaut“, murmelte Bishop, indem er sich bückte und mit den Fingern durch den nassen Schlamm wühlte. Die Grashalme waren abgebrannt, aber er bekam eine Handvoll Wurzeln zu fassen. Er setzte sich breit und bequem in den Schnee und starrte wie verzaubert diese armselige Hand voll schlammiger Graswurzeln an.

„Zum Satan, zum Satan!“

„Was ist los?“

„O heiliger Satan!“

Bishop wiederholte immer wieder „Heiliger Satan“ und schlug sich mit den schmutzigen Wurzeln vor die Stirn. Corliss trat zu ihm und beugte sich über die Pfanne.

„Machen Sie die Augen auf!“ rief Bishop, nahm einen Klumpen schmutzige, fette Erde zwischen die Finger, rieb sie lange und andächtig. Dann schimmerte es gelb.

„Es fängt bei den Graswurzeln an und geht bis ganz hinunter.“

Mit geschlossenen Augen und zitternden Nasenflügeln stand er endlich auf, atmete tief, schnüffelte in die Luft und sah aus, als hätte er eine Vision.

„Können Sie die Apfelsinen noch immer nicht riechen?“

Corliss und Bishop hatten den Boden untersucht, ehe sie ihre Claims absteckten, dann weihten sie ein paar gute Freunde in das Geheimnis ein. Welse, Harney, Trethaway und ein paar alte Kameraden von Del Bishop, mit denen er viel Hunger und Strapazen geteilt hatte, durften sich ein Stück des neuen Goldlandes sichern, solange der ganze Fund noch Geheimnis war.

Es war üblich, daß man als so Bevorzugter dem Entdecker die halben Gewinne abgab. Aber Corliss wollte nichts davon hören. Es widersprach seinem Empfinden, aus der Arbeit anderer Menschen Gewinne zu ziehen, und Bishop lehnte aus anderen Gründen die Beteiligung ab.

„Jetzt kann ich mir eine Obstfarm kaufen, doppelt so groß, wie ich berechnet hatte. Da weiß ich noch, wo mein Geld bleibt. Wenn's noch mehr wird, ist es einfach zuviel. Dann komme ich zu sehr ins Saufen, und zuletzt verludere ich das Ganze. Also behaltet ihr eure paar Kröten für euch selbst und damit basta.“

Es schien Corliss jetzt selbstverständlich, daß er sich einen anderen Gehilfen suchte. Aber als er eines Tages einen Kalifornier mit scharfem, durchdringendem Blick ins Lager brachte, fing Bishop an, wütend zu fluchen.

„Heiliger Satan! Nie in meinem Leben habe ich so was von Gemeinheit gehört!"

„Aber Sie sind doch jetzt reich!" gab Corliss zur Antwort. „Sie haben's doch nicht mehr nötig."

„Zum Teufel mit meinem Reichsein – was geht Sie das an? Kontrakt ist Kontrakt! Ich bleibe in meiner Stellung, so lange Sie keinen Grund haben, mich rauszuschmeißen. Verstanden?"

Anfang der Weihnachtswoche ging der Sturm auf „Vances Hügel", wie Bishop das neue Land getauft hatte, los. Die ersten Claims waren kaum eingetragen, als die Neuigkeit schon über das Land flog, und binnen einer Viertelstunde waren die ersten Wettläufer unterwegs. Eine halbe Stunde später machte sich in der ganzen Stadt auf die Beine, was laufen und kriechen konnte. Auch Corliss und Bishop durften keine Zeit ungenützt verstreichen lassen. Jetzt handelte es sich darum, ihre ehrlich erworbenen Rechte zu verteidigen. Verrücken von Pfählen, Abreißen von Plakaten, Übergriffe in fremde Claims ... das gehörte zu den ältesten Kniffen der Goldgräber, und wenn das Unheil einmal geschehen war, war es trotz aller Beglaubigungen und Stempel furchtbar mühselig, die Eindringlinge wieder aus dem Nest zu werfen.

In einem dichten Strom von Menschen wanderten die beiden zur Stadt hinaus, als Del Bishop zufällig Gregory St. Vincent erspähte, der, das übliche Goldgräbergerät auf dem Rücken, in höchster Eile voranmarschierte.

„Klabastern Sie drauflos wie der Satan!" kommandierte Bishop. „Fragen Sie nicht viel, es handelt sich wieder um etwas mit der Nase."

Die Leute kannten Corliss und Bishop. Sie wußten, daß diese beiden nicht im Wettrennen waren, sondern ihre Claims längst abgesteckt hatten. So ließen sie sich kampflos überholen. Über die ganze Strecke hätte ja doch kein Mensch ein so mörderisches Tempo ausgehalten.

Sie erreichten eine scharfe Biegung des Weges; vor ihnen war kein Mensch zu sehen; an ihren Fersen, mit einem Abstand von kaum hundert Schritten, ging nur der unglückliche St. Vincent.

„So, jetzt sprechen Sie kein Wort mit mir", flüsterte Bishop und schlug seinen Kragen hoch, daß sein Gesicht nicht mehr zu erkennen war. „Tun Sie jetzt, als ob Sie mich nicht kennen. Da drüben ist ein Wasserloch. Dort gehen Sie hin, werfen sich auf den Bauch, als ob Sie vor Durst nicht weiterkönnten. Dann tippeln Sie, in einer Viertelstunde ungefähr, allein weiter nach den Claims. Ich habe andere Geschäfte zu besorgen. Auf keinen Fall sprechen Sie ein Wort zu dem Stinktier, das darf Ihr Gesicht nicht sehen."

Corliss war jetzt schon an Gehorsam gewöhnt. Er trat von der gebahnten Straße ab in den Schnee, legte sich nieder und tauchte eine leere Blechdose ins Wasser.

Bishop ließ sich auf ein Knie fallen und machte sich an seinen Mokassins zu schaffen. Er hatte gerade den Knoten gebunden, als St. Vincent ihn erreichte. In diesem Augenblick sprang Bishop auf und marschierte mit fieberhafter Eile weiter, wie ein Mann, der mit aller Gewalt die verlorene Zeit wieder einholen will.

„He, Sie, Mann, warten Sie eine Minute!" rief der Geograph ihm nach.

Del Bishop warf einen hastigen Blick zurück und spurtete noch schärfer. St. Vincent setzte sich in Laufschritt, bis er Seite an Seite mit ihm kam.

„Ist das der Weg ...?"

„Nach den Terrassen von Vances Hügel?" knurrte Bishop gereizt. „Darauf können Sie Gift nehmen, das ist nämlich mein Weg. Auf Wiedersehen!"

Er tobte immer schärfer drauflos, der Geograph konnte nur im Laufschritt die Geschwindigkeit einhalten; an Überholen war nicht zu denken. Corliss verstand noch immer nichts von der ganzen Geschichte. Er setzte seinen Feldstecher an und folgte den beiden mit den Blicken. Da sah er, wie der Goldgräber plötzlich im rechten Winkel von seiner Straße abbog Und den Weg nach dem Adamstümpel einschlug. Jetzt ging ihm ein Licht auf ...

Spät abends erreichte Bishop das gemeinsame Lager, erschöpft, aber in glückseliger Laune.

„Nicht ein Härchen habe ich ihm gekrümmt!" rief er, ehe er noch im Zelt war. „Geben Sie mir was zu essen."

Er griff nach der Teekanne und goß sich das heiße Getränk in den Leib. „Heut fress' ich Rattenfett, Schmieröl, geröstete Mokassins, Kerzenstümpfe mit Mayonnaise, was Sie haben!"

Dann warf er sich auf die Decke und begann, mit tiefem Lachen seine Beinmuskeln zu massieren, während Corliss Speck briet und Bohnen auf die Pfanne schüttete.

„Das war ein Spaß!“ erzählte Bishop. „Der kommt nicht sobald zu Vances Hügel. Da können Sie Gift drauf nehmen.“

Er ahmte mit Talent St. Vincents Ton nach, der anfangs herablassend klang, aber bei ewiger Wiederholung derselben Worte immer zahmer und schwächlicher wurde.

„Wie weit ist es, alter Freund?“

„Wie weit ist es jetzt, alter Freund?“

Zuletzt klang die Stimme ganz verheult und greisenhaft zittrig: „Wie weit ...? Ich flehe Sie an, wie weit ...?“

Der Goldgräber schlug sich auf die Knie vor Entzücken und lachte, daß eine halbe Tasse Tee, die er noch nicht ganz heruntergeschluckt hatte, im Sprühregen aus seiner Nase wieder herauskam.

„An der Wasserscheide vom Indianerstrom hab' ich ihn schließlich liegen gelassen. Er war so ausgepumpt, daß er keinen Schritt mehr gehen konnte, vollkommen erledigt. Vielleicht hat er noch Kraft genug, sich ins nächste Lager zu schleppen. So, jetzt geh' ich aber schlafen. Keine Angst, Sie brauchen mich nicht erst einzusingen. Sechzig Meilen hab' ich heut gemacht, nur um das arme Stinktierchen ein bißchen zu ärgern. Gute Nacht. Bitte wecken Sie mich übermorgen früh wieder auf.“

Im Einschlafen murmelte er in seinem feinsten Diskant: „Wie weit ist es, Freundchen? Sagen Sie mir, wie weit es ist!“

Peter Whipple, einer der ältesten weißen Männer im Land, besaß einen Claim, nicht weit von Vances Hügel, und lebte dort mit einer dunklen, nicht besonders hübschen Mischlingsfrau, einer Tochter des Landes. Ihre Mutter war Indianerin gewesen, der Vater ein russischer Pelzhändler. Sie redete eine furchtbare Mischsprache, die für Weiße wie für Indianer gleich unerträglich war. Aber Whipple war ein alter Kumpan von Bishop, und da er nicht viel mehr zu tun hatte, als morgens und abends die Abgrenzungen seines Claims zu kontrollieren, ging er manchmal zu Peter Whipple, um ein langatmiges Garn mit ihm zu spinnen.

An einem Sonntagmorgen traf er die Frau allein zu Hause. Da die Unterhaltung kein Vergnügen werden konnte, beschloß er, nur aus Höflichkeit eine Pfeife bei ihr zu rauchen und sich so früh wie möglich wieder davonzumachen. Aber es geschah, daß er viele Pfeifen lang blieb, denn was die Kreolin erzählte, als ihre Zunge einmal in Schwung kam, war so interessant, daß er sie immer wieder anfeuerte, wenn der Strom ihres Kauderwelsch schwächer rann. Während er lauschte, kicherte und fluchte er leise vor sich hin. Es war die spannendste Erzählung, die er in seinem Leben gehört hatte.

Mitten darin holte die Frau ein altes Buch in abgegriffenem Ledereinband aus einer gebrechlichen Kiste und legte es auf den Tisch. Sie öffnete es nicht, aber mit Fingern und Blicken führte ihre Erzählung immer wieder auf dies geheimnisvolle Buch, und in Bishops Augen trat ein begehrliches Funkeln.

Als sie sich schon ein halb dutzendmal wiederholt und gar nichts Neues mehr zu sagen hatte, zog er seinen Beutel aus der Brusttasche. Die Frau stellte eine Goldwaage auf und tat Gewichte in die eine Schale, in die andere Schale schüttete Bishop Goldstaub im Werte von 100 Dollar. Dann griff er nach dem ledergebundenen Werk, preßte es fest an sich und sagte Lebewohl.

Corliss saß im Zelt auf seinem Bett und flickte an seinen Mokassins herum.

„Jetzt hab' ich ihn bald!“ sagte Bishop und warf ihm das Buch zu.

„Wen denn?“

„Das Stinktier.“

Corliss schlug erstaunt das Buch auf, das Papier war vergilbt, von Wind und Wetter mitgenommen, der Text war russisch.

„Ich kann kein Wort davon lesen. Ich wußte gar nicht, daß Sie Russisch können, Del?!“

„Traurig genug, daß ich es nicht kann. Whipples Frau versteht auch nichts davon. Aber ihr Vater, der war Russe, und das war sein einziges Buch, seine Bibliothek sozusagen. Er hat ihr oft daraus vorgelesen. Sie weiß, was ihr Vater wußte, und jetzt weiß ich auch, was sie weiß, und was da drin steht.“

„Und was wißt ihr denn alle drei?“

„Na, es lohnt sich schon! Ein bißchen Geduld müssen Sie vielleicht noch haben, aber eines Tages werden Sie auch Ihren Spaß dran finden."

Über Weihnachten kam der alte McCarthy über das Eis nach Dawson marschiert. Er hatte keine Geschäfte mehr, eigentlich wollte er ja längst in den Staaten sein und hatte sich nur von der zweiten Heimat nicht trennen können. Jetzt saß er bei Dave Harney herum, ein Goldkönig beim anderen, und ließ sich allen Klatsch von Dawson erzählen. Die großen Funde interessierten ihn nicht mehr so sehr. Er hörte gern von Liebesgeschichten und Saufereien, auch dem Bericht von Faustkämpfen lauschte er stets mit freundlichen Augen. Frona und Gregory St. Vincent – das war ein Rauch, der ihm in die Nase stieg! Über Frona war alle Welt sich einig: eine echte Welse und ein so famoses Mädel, wie kein anderer Kontinent es hervorgebracht hätte. Aber dieser St. Vincent, da konnte man nur den Kopf schütteln. Alle Weiber waren hinter dem Kerl her. Er hielt es mit Frona, aber ganz besonders auch noch mit einer Sängerin namens Lucille, und ein halbes Dutzend anderer Damen wurde ihm so nebenbei nachgesagt. Es war klar, die Männer konnten ihn nicht leiden, weil er soviel Glück bei den Weibern hatte. Junge und Alte nahmen ihm das gleich übel. Aber wenn man den Sachen auf den Grund ging, war nicht viel daran.

Eines Nachmittags traf McCarthy den Mann selbst im Hause von Dave Harney. Er schien beträchtlich besser als sein Ruf, schließlich hatte der alte Goldkönig in seinem Leben manchem Mann unter den Hutrand geschaut, und er verstand sich darauf, was echt und unecht war. Der hier war der übelste nicht. Und trotzdem hatte die Abneigung der anderen ihn schon angesteckt. Matt mußte sich zwingen, mit diesem natürlichen, heiteren Burschen freundlich zu sein.

„Die Hunde sollen über mein Grab laufen", sagte er bei sich, während er seine Spielkarten sortierte. „Bin ich zu alt oder zu jung, um gerecht zu sein? Nehme ich es ihm auch übel, daß er die Weiber zu nehmen weiß? Der Kerl hat in seinem Leben eben etwas geleistet, und das imponiert den Mädels. Immerhin, wenn's um Frona geht, kann man nicht vorsichtig genug sein."

Als die Gesellschaft auseinanderging, schien es selbstverständlich, daß St. Vincent Frona nach Hause brachte. Aber Matt fuhr dazwischen.

„Heute abend nicht, mein Junge! Heute ist der alte Pflegevater an der Reihe."

Er wanderte, Frona an seinem Arm, auf Welses Haus zu und fragte ohne Umschweif:

„Was ist das, was ich von dir und dem Burschen höre?“

Sie schaute mit offenem Blick in seine scharfen grauen Augen.

„Ich kann doch nicht wissen, was du gehört hast.“

„Wenn die Leute über ein hübsches junges Mädel und einen unverheirateten jungen Mann überhaupt reden, dann ist es nicht schwer zu raten, um was es sich handelt.“

„So, was denn?“

„Liebe, natürlich. Die Leute sagen, daß es bei euch danach aussieht.“

„Beweist das auch, daß es so ist?“

„Genügt mir, wenn es so aussieht.“

„Also erstens, Onkel Matt, bist du alt genug, um zu wissen, daß die Leute sich um jeden Preis etwas zurechtdichten müssen, wenn sonst nichts passiert. Zweitens sind Herr St. Vincent und ich gute Freunde, das ist alles. Und drittens, wenn es so wäre, wie du sagst, was dann ...?“

Matt wollte etwas sagen, räusperte sich, fand jedes Wort dumm, das ihm einfiel, und brabbelte vor sich hin. Dann platzte er in seiner Verlegenheit heraus.

„Weiß Gott, Frona, ich hätte Lust, dich tüchtig durchzuwichsen.“

Sie lachte: „Du meinst es sicher gut mit mir, alter Goldonkel. Leider kommst du ein bißchen spät damit, du hast die richtige Zeit damals in Dyea versäumt.“

Er bettelte: „Du wirst doch nicht böse auf deinen alten Matt sein!“

„Ich denke nicht daran.“

„Aber du bist es doch.“

„So!“ Sie beugte sich hastig vor und küßte ihn auf die Nase. „Glaubst du, ich könnte von Dyea sprechen und böse mit dir sein?“

Sie waren vor Welses Tür stehengeblieben.

„Ich bin wirklich nicht böse, Matt. Aber außer meinem Vater bist du der einzige Mensch, der sich erlauben darf, über diese Sache mit mir zu reden. Und wenn du es noch einmal tust, werde ich trotz allem nicht mehr an Dyea denken. Das ist etwas, was mich ganz allein angeht, du hast kein Recht ..."

„Kein Recht, zu verhindern, daß du mit verbundenen Augen in dein Unglück rennst?"

„Wenn du es so nennst, nein!"

Er brummte etwas vor sich hin.

„Was sagst du da?"

„Das Maul kannst du mir verbieten, aber den Arm kannst du mir nicht festbinden."

„Das darfst du nicht, Matt! Matt, lieber Matt, du darfst nicht!"

Sie war sehr erregt und klammerte sich an den Arm des Alten. „Ich lasse dich nicht weg, ehe du mir versprochen hast, daß du nicht in mein Leben eingreifst. Weder mit Worten noch mit Taten."

„Ich verspreche dir gar nichts. Jetzt mach, daß du ins Haus kommst, Frona. Und Gute Nacht. Es wird verdammt kalt hier draußen auf der Treppe."

Er schob sie hinein und ging. Ein paar Schritte weiter blieb er stehen, betrachtete seinen eigenen Schatten auf dem Schnee und fluchte wie ein junger Hundetreiber, wenn die Hunde nicht ziehen wollen.

„Matt Mc Carthy, du bist der größte Esel, von dem du je gehört hast! Bildest du alter Schwachkopf dir wirklich ein, daß eine Welse ihren Kopf nicht durchsetzt?"

Fluchend und knurrend ging er weiter. Sein alter Wolfshund, der ihm auf den Fersen trottete, fletschte die Zähne.

Der Weihnachtsabend mit all seiner Aufregung und Freude war vorbei. Zwei Dutzend Kinder hatten sich, glücklich und reich beschenkt, durch den Schnee nach Hause getrollt. Dann nahm auch der letzte Gast Abschied.

„Bist du müde, mein Kind?"

Frona vergalt ihrem Vater mit strahlenden Augen all seine Zärtlichkeit, dann setzten sie sich in die großen bequemen Sessel rechts und links vom Kamin, in dem das letzte Tannenholzscheit rotglühend zerfiel.

„Was wird nächstes Jahr um diese Zeit sein?“ fragte Jacob Welse. Er fragte es gewissermaßen in den Kamin hinein, als ob die Funken ihm Antwort geben könnten.

„Diese beiden Monate, seit du bei mir bist, sind ein einziges Wunder gewesen, vom Anfang bis zum Ende. Mir ist, als lebte ich jetzt die glücklichste Zeit meines Lebens. Wir hatten uns ja kaum gekannt, Frona. Seit du ein ganz kleines Kind warst, haben wir uns immer nur für Wochen gesehen, und von einem Wiedersehen zum anderen warst du immer schon ein ganz anderer Mensch geworden. Manchmal ist es mir ganz komisch, wenn ich dich ansehe und mir sage, daß du wirklich mein Fleisch und Blut bist ... Daß du kein Junge geworden bist!“ unterbrach er sich plötzlich. „Frona, du wärst ein großartiger Junge geworden! Ich glaube, das wäre mir lieber. Weißt du auch, warum? Eigentlich hat man als Vater ja tausendmal mehr von einer Tochter. Ein Mädel kann lieb und zärtlich sein, und einem Mädel kann man schmeicheln. Wenn du ein Bursche von zwanzig Jahren wärst ... glaubst du, ich hätte dir einen Weihnachtskuß gegeben, so wie heute abend? In einer Tochter erlebt man die Frau noch einmal, die man am liebsten auf der Welt gehabt hat ... Aber es ist komisch, Frona, lieber wär' mir's doch, wenn du ein Bursche wärst. Wie lange dauert es noch, dann bist du eine Frau und gehst mit irgendeinem Kerl weg, der mich nichts angeht, und der mich nicht leiden kann, oder den ich nicht mag, und ich kann nicht einmal ein Wort dagegen sagen. Du bist zur Freude für ihn geschaffen, du wirst mich verlassen und mußt mich verlassen ... morgen, übermorgen, vielleicht erst nächstes Jahr, so Gott will ... wer weiß das?“

Sie kam zu ihm, setzte sich auf die breite Armlehne des Sessels und streichelte sein gesundes, rauhes Gesicht.

„Laß das, Daddy, heute abend wenigstens! Ich bin auch so glücklich, daß ich bei dir sein kann, und vielleicht möchte ich am liebsten immer in diesem warmen Nest bleiben. Aber erzähl mir was, du hast mir noch so selten erzählt, von deiner Jugend, von unseren Vorfahren, erzähl mir vor allem von Mama! ... Und dann muß ich auch einmal etwas hören von deinem Vater, der den großen einsamen Kampf bei Treasure City gekämpft hat, wo sie zehn gegen einen waren, und wo er gefallen ist. Ich bin so stolz, daß all meine Ahnen tapfere Männer waren, und ich höre so gern von Männerkämpfen!“

„Von deiner Mutter möchte ich dir viel erzählen, Frona. Eigentlich ist es das erstemal, daß wir so allein beisammen sind, und daß ich dir mein Herz ausschütten kann. Aber was kann ich dir sein? Jetzt kommt die Zeit, wo ein Mädel seine Mutter am nötigsten braucht, und du hast deine Mutter nie gekannt!"

Sie schwiegen beide. Es war etwas wie elektrische Spannung in die Luft getreten; Frona wußte genau, was jetzt kommen sollte.

„Dieser Mann, dieser Dr. Gregory St. Vincent ... wie steht es mit euch beiden?" fragte Welse mit abgewandtem Gesicht und stoßweisem Atem, als müßte er sich Wort um Wort aus der Kehle quälen.

„Ich ... das weiß ich selbst nicht so recht, Daddy."

„Du bist ein freier Mensch, Frona. Du darfst wählen, wen du willst. Das ist das erste und letzte Wort, das ich dir zu sagen habe. Aber, ich möchte dich doch so gern verstehen. Wenn du mir alles sagtest, weißt du, alles ... vielleicht könnte ich alter Knurrhahn dir doch einmal raten. Mehr will ich ja gar nicht. Nur ein bißchen raten ..."

„Wir sind gute Freunde, wir sind sogar sehr gute Freunde, Vater. Aber sonst ist nichts zwischen uns, ich glaube wenigstens, daß sonst nichts zwischen uns ist. Herr St. Vincent hat nie ein Wort darüber hinaus gesagt."

„Aber ich weiß doch, daß ihr euch gern habt. Es ist nur die Frage, ob du ihn so gern hast, wie eine Frau einen Mann haben muß, für den sie sich selbst aufgeben darf."

„Nein. Oder vielleicht doch, wie soll ich das selbst wissen? Ich denke mir, das ist auf einmal da, was du meinst, so wie ein großes, weißes Licht in einem dunklen Zimmer. Auf einmal ist alles ganz offenbar. Aber das weiß ich, gekommen ist dieses Licht noch nicht."

Jacob Welse nickte nachdenklich und sah aus wie ein Riese, der mit winzigem Kinderspielzeug spielen möchte und sich fürchtet, daran zu rühren.

„Schließlich bin ich doch auch mit anderen jungen Männern befreundet, Vater, genau so wie mit Gregory."

„Aber gerade dieser St. Vincent ..."

„Was ist gerade mit dem?"

„Ich kann den Kerl nicht leiden."

„So geht es ihm bei vielen Männern, leider", gab Frona zu. „Aber gerade deshalb ..."

„Meine Meinung soll dir nicht mehr gelten als die der anderen. Weil ich dein Vater bin, habe ich dir in solchen Dingen keine Vorschriften zu machen, gerade deshalb nicht. Aber, daß viele Männer dasselbe Urteil haben wie ich, da muß etwas daran sein."

„Aber du hast nichts gegen ihn als dieses unbestimmte Gefühl?"

„Doch, vielleicht etwas mehr als den bloßen Instinkt. Ich will versuchen, dir das zu erklären. Nimm's nicht als Prahlerei, es ist eine bloße Tatsache: wir Welses haben nie einen Feigling unter uns gehabt. Feigheit ist für mich etwas Unnatürliches, etwas Ekelhaftes, und neben Feigheit kann nichts Gutes gedeihen."

„Gregory St. Vincent ist weiß Gott der letzte Mann auf Erden, Vater, den man einen Feigling nennen könnte! Sein ganzes Leben als Forscher war eine einzige tapfere Tat."

Frona war bei dieser Antwort heiß und feurig geworden, aber dann schien sie ihm so traurig, daß der Anblick ihres Gesichts ihm ins Herz schnitt.

„Ich will dir nicht weh tun, Kind. Und wenn ich es doch tun muß, dann verzeih mir. Ich weiß nichts von diesem St. Vincent, ich habe gar keinen Anhalt für das, was ich jetzt sage, nur das unsichere Gefühl. Aber ich kann mir nicht helfen, der Mann scheint mir nicht das, wofür er sich ausgibt. Dann habe ich allerdings etwas über ihn gehört, eine kleine Tatsache, an sich ganz geringfügig. Ein Auftritt unten in der Bar, bei dem er nicht ganz sauber war."

„Weil er mit einer Varietédame getanzt hat? ... Nicht wahr, darüber zerbrechen die Männer sich ihre Zungen? Vielleicht hat er auch sonst schön mit ihr getan und meinetwegen sogar ... Jedenfalls geht das die anderen nicht das geringste an, und mir ist er keine Treue schuldig. Wenn mir das weh tun soll, dann hab' ich es jedenfalls mit mir allein auszumachen, aber ich kann nicht einmal sagen, daß es mir weh tut."

„Du verstehst mich falsch. An seine Weibergeschichten habe ich gar nicht gedacht, sondern an etwas ganz anderes. Es hat da mal eine Prügelei stattgefunden, eine große, gewaltige Prügelei, wie sich's ab und zu in einer Goldgräberbar gehört. Er wollte nicht mitmachen. Rundheraus gesagt, er war so feig, daß es einen Hund erbarmen konnte. Einfach zum Kotzen war's, wie er sich benommen hat."

„Erstens ist das doch alles nur Gerücht ... Und außerdem kann es gar nicht wahr sein. Er hat mir selbst bald darauf von der Geschichte erzählt. Ausgesehen hat er keineswegs wie ein Feigling, sondern wie ein Mann, der beim Boxen gehörig eingesteckt hat. Jedenfalls hätte er nicht davon gesprochen, wenn es so gewesen wäre, wie du sagst."

„Soll keine Anklage sein", unterbrach Jacob Welse sich hastig, als fürchtete er, zuviel gesagt zu haben. „Manchmal ist man nicht disponiert, ich habe gute Männer kneifen gesehen, die bei einer anderen Gelegenheit wie der Teufel losgegangen sind. Hören wir auf davon! Ich habe das Gefühl, daß ich dich auf festes Land führen wollte und selbst in den Sumpf geraten bin. Ich wollte dir vielleicht einen Rat geben, aber unsereins ist alt und plump, man soll besser die Hände von so zerbrechlichen Sachen lassen."

„Ich weiß, wie gut du es gemeint hast, Daddy."

Sie ließ sich auf seine Knie fallen und lag so zärtlich an seiner Brust, wie er es sein Leben lang nicht gefühlt hatte.

„Du guter Daddy, machst dir soviel unnütze Sorgen um mich."

Dies war der letzte Augenblick, in dem er ihr das sagen konnte, was ihm eigentlich auf der Zunge lag:

„Was geht es uns an, Frona, uns beide, was die Welt sagt? Du bist eine Welse und hast deinen Kompaß in der Brust, du brauchst nach Himmel und Hölle nicht zu fragen, wenn du etwas tust. Und wenn du es dir einfallen läßt, ganz ohne Kirche und Standesamt ein Kind zu bekommen, nur weil du eben ein Kind haben willst, dann wird es trotz allem ein Welse sein, und wir beide fragen den Henker danach, von wem es ist."

Als die letzte Glut im Kamin zerfiel und die Wärme das Zimmer verließ, lag sie immer noch an seiner Brust. Er erzählte ihr, was sie eigentlich hören wollte, von ihrer Mutter, die ihr so heroisch das Leben gegeben hatte, von all den mutigen Welses, die vor ihm gelebt hatten, und von dem großen, einsamen Kampf bei Treasure City, in dem sein Vater den Tod gefunden.

Die lange vorbereitete Theatervorstellung fand statt und wurde ein so riesiger Erfolg, wie Dawson ihn höchstens einmal in jedem Jahre erlebte. St. Vincents Regiekunst war außer Zweifel. Er hatte aus all den ungefügen Menschen eine Art richtiger Schauspieler gemacht und schien selbst auf der Bühne ein Fachmann zu sein, kein Dilettant. Sie hatten „Nora" von Ibsen gespielt, nichts zum Lachen, sondern ein Stück, das die Menschen quälte und zugleich erhob. Unter seinem Einfluß, von seinem Talent mitgerissen, war Frona, die die Nora gab, weit über ihre Grenzen hinausgewachsen. Sie hatte Töne des Leides und der Leidenschaft gefunden, die jeden ergriffen.

Unter endlosem Beifall war der Vorhang gefallen. Dann sammelte Frau Sheffield die Honoratioren der Gesellschaft um sich und hielt die Kritik in so flammend begeisterten Ausdrücken, daß Jacob Welse sich ärgerte. Auch Dave Harney knurrte in das allgemeine Lob hinein, erstens sei das Stück wie vom Teufel gespielt worden, und zweitens sei es wirklich ein verdammt gutes Stück, und drittens hätte er schon, wer weiß wie lange, keinen so schönen Abend gehabt. Aber dann flüsterte er dem Polizeioffizier zu:

„So'n bißchen Schleiertanz hätte man schließlich auch gern gesehen. Und mehr Mädels, vor allem mehr Mädels! Und warum hat der Ibsen, oder wie der Bursche heißen mag, denn gar keine Schlager hineingedichtet?"

„Das hätte verdammt schlecht gepaßt", belehrte ihn Onkel Matt, der nicht hören konnte, daß man an irgendeiner Leistung Fronas Kritik übte. „Die Frona hat das so großartig gespielt", sagte er, „so verdammt großartig, daß andere Mädels nur gestört hätten. Das gebe ich Ihnen schwarz auf weiß, wenn Sie es wollen."

„Haben Sie Gummi gekauft?"

„Gummi?"

„Aber natürlich, was hab' ich Ihnen denn geraten? Wenn das Tauwetter kommt, steigen die Gummistiefel ins Aschgraue, habe ich Ihnen gesagt. Dies Jahr kommen sie auf drei Unzen Gold das Paar, sonst fress' ich alle alten Besen in Dawson City. Heute können Sie sie noch für eine Unze das Paar kaufen."

„Der Teufel soll Sie und Ihre Gummischuhe holen!"

Aber damit war die Kunst für diesen Abend erledigt, und man sprach wieder von reelleren Dingen.

Gregory St. Vincent brachte Frona nach Hause. Als sie allein in der eiskalten Winterluft standen, schüttelte er sich, als müßte er alles abwerfen, was ihn da drin umgeben hatte, und sagte mit einem tiefen Seufzer: „Endlich!"

„Was endlich?"

„Endlich kann ich Ihnen sagen, wie wundervoll Sie die Nora gespielt haben! Vielleicht haben Sie Perlen vor die Säue geworfen, aber ich wenigstens war so ergriffen, daß ich selbst kaum weiterspielen konnte. Bei der großen Szene, in der Sie für immer aus meinem Dasein verschwinden ..."

„... was war da?"

„Ja, da waren Sie nicht Nora, und ich war nicht Thorwald, sondern wir waren Frona und Gregory. Wie Sie da auf einmal in Hut und Mantel vor mich treten und mit der Reisetasche in der Hand abgehen, da hat mir das Herz geblutet."

Frona antwortete nicht. Eine Weile gingen sie schweigend nebeneinander. Der Zauber dieses Abends lag noch über ihnen; von der Begeisterung, mit der sie der Kunst gedient hatten, war noch etwas in ihrem Blut. Es war ein klarer Abend, nicht übermäßig kalt für zwei junge Menschen in dicken Wolfspelzen, die beide auf das Außen nicht achteten. Das Land lag ringsum in Licht gebadet, ein weiches Licht, dessen Quelle weder Stern noch Mond war. Am Horizont spannte sich von Südost nach Nordwest ein blaßgrünes, leuchtendes Band; von ihm ging der matte Strahlenglanz aus. Plötzlich zeichnete sich, wie das Licht eines Scheinwerfers, ein Bündel weißer Strahlen auf dem nachtschwarzen Himmel. Für einen Augenblick war gespenstischer Tag; dann senkte sich noch tiefer die schwarze Nacht auf die Erde herab. Nur im Osten gärte es aus einem grünlichen, leuchtenden Nebelschleier, lichte Dämpfe brodelten empor, fielen wieder, als versuchten mächtige, körperlose Hände, den Äther an sich zu reißen. Einmal schoß eine zyklopische Rakete in feuriger Bahn vom Horizont bis zum Zenit empor und fiel wie in zitternder Flucht wieder auf die Erde herab.

Im Augenblick dieses flammenden Triumphes brach die Stille auf der Erde. Zehntausend Wolfshunde heulten zugleich all ihre Sehnsucht und ihren Hunger in die Luft. Frona schauerte zusammen. St. Vincent legte den Arm um sie. Jetzt jammerten die Wolfshunde nur noch leise, ihr Winseln war noch fürchterlicher als das einstimmige Klagegeheul. Es war, als ginge durch diese ganze Welt eine große unbezwingbare Furcht, als bebte aller Schmerz der Kreatur durch das Tal.

Frona legte sich fester in St. Vincents Arm und schloß die Augen. Da spürte sie die Furcht der Kreatur nicht mehr. Es zitterte in ihren Nerven von einem ganz neuen, fremden Gefühl, und das war Wonne.

„Muß ich noch Worte zu dir sprechen?“ fragte er mit seiner tiefen Stimme, die eben erst alle Zuhörer im Theater entzückt hatte, und die jetzt so gedämpft, so ganz allein für sie klang.

„Nein, Gregory!“

Ich kann dir so wenig bieten, Geliebte!“ sagte der Mann, als er Frona bis zur Tür ihres Vaterhauses gebracht hatte. „Das unsichere Los eines immer wandernden Zigeuners ...“

Sie nahm seine Hand, preßte sie an ihr Herz und sprach die Worte, die eine große Frau vor ihr gesprochen hatte:

„Ein Zelt und eine Brotkruste, die ich mit dir teile! Damit werde ich immer glücklich sein!“

Herein!“

Matt McCarthy drückte die Klinke herunter und öffnete die Tür und schloß sie sorgfältig wieder hinter sich.

„Ach, Sie sind's!“ St. Vincent betrachtete seinen Gast mit einem düsteren, zerstreuten Blick, dann aber nahm er sich zusammen und reichte ihm die Hand.

„Hallo, Matt, Alter! Meine Gedanken waren tausend Meilen weit von hier, als Sie kamen. Nehmen Sie sich einen Stuhl und machen Sie es sich bequem. Dort neben Ihnen steht Tabak. Versuchen Sie ihn und lassen Sie uns hören, was Sie wollen.“

„Ja, da hat er schon recht, daß seine Gedanken tausend Meilen weit von hier sind“, sagte Matt bei sich. Aber laut sagte er: „Nun ja, Sie waren wohl in süße Träume versunken. Und das ist ja auch kein Wunder.“

„Wieso?“ fragte der Korrespondent heiter.

„Sie sind ein verfluchter Kerl, Vincent, und haben ein mächtiges Glück bei den Mädchen – darüber ist nicht zu streiten. Sie haben manchen Kuß im

Vorbeigehen geschnappt und manches Herz gebrochen. Aber Vincent, mein Junge, haben Sie je das Richtige gekannt?"

„Wie meinen Sie das?"

„Das Richtige, das Richtige, das heißt – nun ja, sind Sie je Vater gewesen?"

St. Vincent schüttelte den Kopf.

„Ich auch nicht. Aber haben Sie je väterliche Liebe gefühlt?"

„Das weiß ich nicht recht. Ich glaube nicht."

„Da haben wir's ja. Und das ist das Richtige, sag' ich Ihnen. Wenn ein Mann je ein Kind gesäugt hat, dann habe ich's getan, oder doch jedenfalls so was Ähnliches. Es war ein Mädel, und jetzt ist sie ausgewachsen, und wenn möglich liebe ich sie noch mehr als ihr leiblicher Vater. Außer ihr habe ich leider nur eine einzige Frau getroffen, die ich hätte lieben können, und die war schon mit einem anderen verheiratet, als ich sie traf. Ich habe keinem Menschen je ein Wort davon gesagt, o nein, nicht einmal ihr selbst. Aber sie ist tot. Gott sei ihrer Seele gnädig."

Das Kinn sank ihm auf die Brust, und seine Gedanken gingen zurück zu der blonden Frau, die sich einst wie ein Sonnenstrahl in die Hütte am Dyea-River verirrt hatte. Er blickte plötzlich auf und sah St. Vincent mit leeren Blicken vor sich hinstarren, als dächte er an ganz etwas anderes.

„Aber lassen Sie es jetzt genug sein mit den Dummheiten, Vincent."

Der Korrespondent nahm sich zusammen, und er merkte, daß die kleinen blauen Augen des Iren sich in die seinen bohrten.

„Sind Sie ein tapferer Mann, Vincent?"

Eine Sekunde lang sahen sie sich an, als wollte einer die Seele des andern erforschen. Und in dieser Sekunde hätte Matt schwören können, daß er es ganz leise in den Augen des andern flackern sah. Triumphierend schlug er mit der Faust auf den Tisch, daß es klatschte. „Weiß Gott, das sind Sie nicht."

Der Korrespondent zog die Tabakdose zu sich heran und drehte sich eine Zigarette. Er drehte sie sich mit großer Sorgfalt, und das feine Reispapier knisterte in seiner geübten Hand; dabei stieg ihm das rote Blut unter dem Hemdkragen empor und verbreitete sich, stärker an den Höhlungen und wieder schwächer an den Backenknochen, immer mehr über seine Wangen, bis sein Gesicht flammte.

„Das ist gut! Und vielleicht erübrigt sich dadurch, daß ich meine Finger mit einer ekelhaften Arbeit beschmutze. Vincent, das Mädel, das jetzt ausgewachsen ist, schläft diese Nacht in Dawson. Gott helfe uns, Ihnen und mir. Aber wir werden nie unsern Kopf so rein und unbeschmutzt wie sie auf das Kissen legen können. Vincent, ich will Ihnen einen vernünftigen Rat geben, strecken Sie nie die Hand nach ihr aus, weder mit noch ohne Segen der Kirche.

Sie sind mir unsympathisch. Meine Gründe behalte ich für mich, die sind ja auch einerlei. Aber hören Sie jetzt, was ich sage: Wenn Sie je so töricht sein sollten, sie zu Ihrer Frau zu machen, so werden Sie nie das Ende des verfluchten Tages sehen oder sich über den Anblick Ihres Brautbettes freuen. Mensch, ich könnte Sie mit meinen bloßen Fäusten erschlagen, wenn es nötig wäre. Aber ich hoffe, daß ich es ein wenig eleganter tue. Seien Sie ganz ruhig – das verspreche ich Ihnen."

„Du irisches Schwein!" Ganz plötzlich war in St. Vincent der Teufel wach geworden.

McCarthy sah plötzlich in den Lauf eines Revolvers hinein. „Ist er geladen?" fragte er ruhig.

„Gewiß", sagte St. Vincent zornig.

„Ich glaube Ihnen. Aber worauf warten Sie. Drücken Sie ab, hören Sie."

Der Finger, der abdrücken sollte, bewegte sich, und ein verdächtiges Klicken ertönte.

„So ziehen Sie durch. Ziehen Sie durch!" sage ich. „Als ob Sie das könnten, bei dem Flackern in Ihren Augen."

St. Vincent versuchte den Kopf abzuwenden.

„Sehen Sie mich an, Mann!" kommandierte McCarthy. „Sehen Sie mir in die Augen, wenn Sie es tun." Wider Willen mußte der Korrespondent den Kopf wieder drehen, so daß seine Augen denen des Irländers begegneten. „Jetzt!"

Zähneknirschend drückte St. Vincent ab – wenigstens glaubte er es zu tun. Sein Wille war bereit und gab den Befehl, aber die Angst in seiner Seele hielt ihn zurück.

„Wohl gelähmt, der arme, kleine, zitternde Finger, was?“ grinste Matt dem gepeinigten Mann ins Gesicht. „Dann dreh ihn jetzt nach der anderen Seite, so, und leg ihn weg, vorsichtig ... vorsichtig ... vorsichtig.“ Seine Stimme wurde zu einem knurrenden, beruhigenden Flüstern.

St. Vincent ließ den Drücker los, der Revolver glitt ihm aus der Hand, und mit einem kaum hörbaren Seufzer sank er kraftlos auf einen Stuhl. Er versuchte sich aufzurichten, fiel aber statt dessen mit dem Oberkörper auf den Tisch und vergrub das Gesicht in den zitternden Händen. Matt zog sich die Fäustlinge an, warf ihm einen mitleidigen Blick zu, ging dann und schloß vorsichtig die Tür hinter sich.

Im Frühjahr setzte die große Abwanderung aus Dawson ein. Manche zogen fort, weil sie sich ein Vermögen gemacht hatten, viele, weil sie nichts mehr zusetzen konnten. Alle aber kauften Hunde, soviel sie nur kriegen konnten. Dann reisten sie über das dünne Frühlingseis nach Dyea.

Dave Harney hatte so viele Hunde aufgekauft, daß er die Preise diktieren konnte, und er diktierte nicht sanft! Er ging mit strahlendem Gesicht umher.

„Wollen Sie auch fort?“ fragte ihn Welse eines Tages, als die blasse Mittagssonne zum erstenmal wärmte.

„Denke nicht daran! Erst muß ich mein Lager an Mokassins losschlagen, von den Stiefeln gar nicht zu reden. Wissen Sie, Welse, mit dem Zucker haben Sie mich tüchtig hereingelegt, meine Puddings haben mich diesen Winter ein paar tausend Dollar gekostet. Aber ich hab's wieder hereingeholt. Übrigens, haben Sie noch Gummistiefel?“

„Nein, mein Lager war schon Anfang des Winters geleert.“

Dave Harney lachte glückselig vor sich hin.

„Ja, wer mag die wohl fortgezaubert haben? Sehen Sie, das war wieder der pfiffige, kleine Dave.“

„Aber ich hatte doch meinen Leuten verboten, in Partien zu verkaufen!“

„Hat ja auch kein Mensch getan. Ein Mann pro Paar, ein Paar pro Mann, auf Ihre Jungens können Sie sich verlassen. Aber hundertmal eins gibt eben auch hundert, und jedesmal war es eben mein Goldstaub, der in die Waagschale gefallen ist. Ob wir jetzt einen zusammen heben, Welse? Mir ist so komisch, ich glaube, ein doppelter Schnaps käme jetzt gerad' in die richtige Ecke?“

Mitte April wurde am Hendersonfluß Gold gefunden; die Sache sah vielversprechend aus. Jacob Welse bereiste den Distrikt, und Frona begleitete ihn, denn es war eher eine Vergnügungs- als eine Geschäftsreise. Bald nach ihnen zog Gregory St. Vincent denselben Weg. Corliss und Bishop waren zunächst den linken Arm des Henderson hinaufgewandert. In einer Woche wollten sie auch bei den neuen Funden sein. Dann kam der Mai; jetzt war der Frühling so vorgeschritten, daß es gefährlich wurde, auf den Flüssen zu reisen. Über halb aufgetautes Eis zogen die Goldsucher und dankten Gott, wenn sie lebendig ihr Ziel erreichten. Es standen schon ein paar Hütten in der Nähe der neuen Funde, und ihre gastlichen Besitzer nahmen viele der Neuangekommenen auf. Welse und seine Tochter kampierten im Zelt, ihr Lager auf einem Höhenzug am oberen Ende von „Split-up-Island" im Yukon beherrschte wie ein Königssitz die ganze Gegend.

Die zunächst gelegene Insel hieß Freitags-Insel. Die beiden waren nur durch einen schmalen Kanal voneinander getrennt. Hier trafen Corliss und Bishop ein, als das Eis schon so morsch war, daß die Hunde beinahe ebensoviel schwimmen wie laufen mußten. Sie waren die letzten, die sich in diesem Winter über das Eis gewagt hatten. Nahe davon, auf Roubeau-Insel, hauste John Borg, ein mürrischer, alternder Bursche, der ungern sprach und sich am liebsten von der ganzen übrigen Menschheit abgesondert hätte. Zu seinem Unglück fand Gregory St. Vincent in seiner Hütte Quartier.

„Es ist nur wegen der Lausedollars", sagte der Mann. „Gern nehm' ich Sie nicht etwa auf. Werfen Sie Ihre Decken in die Ecke. Bella kann die eine Koje ausräumen. Wir brauchen sie sowieso nicht."

Er öffnete den Mund erst wieder am Abend, um zu sagen: „Ihr Essen kochen Sie sich selber. Wenn das Mädel am Ofen fertig ist, können Sie anfangen."

Das Mädel Bella war die schönste Indianerin, die Gregory je gesehen hatte. Sie hatte nicht die fettig dunkle Haut ihrer Rasse, sondern einen klaren, bronzefarbenen Teint, und ihre Züge waren weicher, edler, als man es in der Regel bei Indianerinnen findet.

Nach dem Abendbrot legte Borg beide Ellenbogen auf den Tisch, stützte sein Kinn in die mächtigen Fäuste, rauchte stinkenden Indianertabak und starrte vor sich hin. Sein Gesicht war unbeweglich wie eine Holzschnitzerei.

„Wohl schon lange im Land, alter Freund?“ fragte St. Vincent, um eine Unterhaltung in Gang zu bringen.

Borg wandte ihm seinen düsteren Blick zu. Es war, als sähe er in ihn hinein, durch ihn hindurch und doch an ihm vorbei. Während er St. Vincent betrachtete, schien er ganz zu vergessen, daß dieser Mann überhaupt existierte. Worüber er wohl grübeln mag? dachte der Geograph, indem er sich eine Zigarette drehte. Diese erste Zigarette war schon in duftenden Rauchringen aufgegangen. Eine zweite kam an die Reihe, als Borg endlich den Mund auftat.

„Fünfzehn Jahre“, sagte er, sonst kein Wort.

Eine halbe Stunde lang studierte Gregory wie fasziniert dies unergründliche Gesicht. Der Kopf war riesengroß, aber nicht zu groß für den mächtigen Stierhals, der ihn trug. Jede Einzelheit an diesem Kopf schien gewaltig entworfen, aber nicht ganz fertig geworden. Es war der unfertige Kopf eines alternden Riesen. Sein Haar verfilzte sich hier und da zu seltsamen, grauen Flecken und ringelte sich dann wieder in schwarzen Locken, so dick wie gekrümmte Finger. Der Backenbart fiel wie in dicken Grasbüscheln, halb schwarz, halb grau, auf die Brust herab, aber er war nur tupfenweise in dem Gesicht angesetzt und konnte weder die großen, hohlen Backen noch die dünnen und grausamen Lippen verbergen. Die Stirn war es, die das eigentlich Widerspruchsvolle in John Borgs Gesicht brachte. Es war eine hochgewölbte, breite und fast edle Stirn. Wer sie allein sah, hätte gedacht, sie sei das Bollwerk einer allumfassenden Intelligenz.

Beim Geschirraufwaschen ließ Bella eine schwere Blechtasse fallen. In die völlige Stille hinein wirkte das Dröhnen wie eine ungeheure Sensation. Borg fuhr mit einem unartikulierten Gebrüll empor, daß sein Stuhl schmetternd umfiel; er stand aufrecht da mit flammenden Augen und wutverzerrtem Gesicht. Bella gab ein tierisches Wimmern von sich und lag sofort zu seinen Füßen gekrümmt, wie ein Hund, der die Peitsche erwartet.

Auf St. Vincents Kopf sträubten sich die Haare. Es lief ihm eiskalt den Rücken herunter. Was würde jetzt geschehen? Aber Borg hob den Stuhl auf und fiel in seine alte Stellung zurück, das Kinn in die Fäuste gestützt. Bella arbeitete vorsichtig mit den Tellern weiter, es fiel kein Wort, und während St. Vincent mit zitternden Händen seine nächste Zigarette drehte, fragte er sich, ob all das ein Traum gewesen sei.

Jacob Welse lachte, als Gregory ihm am anderen Tag die Geschichte erzählte.

„So ist dies knurrige alte Biest, genau so verrückt, wie es aussieht. Er ist mehr Jahre im Land, als er Menschen kennengelernt hat. Ich glaube, daß er in ganz Alaska keinen einzigen Freund hat, nicht einmal unter den Indianern, mit denen er viel zusammen ist. Sie nennen ihn: „Jonny Halbverdreht", aber ebenso gut könnten sie ihn „Jonny Schlagzu" nennen. Er ist jähzornig und hat eine schwere Tatze. Stellen Sie sich vor, wozu der Kerl imstande ist. Einmal hatte er eine Meinungsverschiedenheit mit meinem Faktor in Arktik City. Er hatte absolut recht, aber bei dem Faktor war es nur ein Irrtum, kein böser Wille. Was tut der Rübezahl? Erklärt meine ganze Unternehmung in seinen Boykott und lebt ein volles Jahr lang ausschließlich von Fleisch. Dann traf ich ihn zufällig und erklärte ihm die ganze Sache, und dann hat er wieder bei uns gekauft."

„Und das Mädel?"

„Das hat er sich irgendwo aus dem höchsten Norden heruntergeholt. Ich beneide sie nicht. Dem sein Bettschatz zu sein, das ist kaum ein Vergnügen."

Gregory St. Vincent kümmerte sich nicht viel um seine Wirte. Die meiste Zeit verbrachte er auf Split-up-Island mit Frona und ihrem Vater. Aber eines Abends kam es doch zu einem Zusammenstoß. Als St. Vincent nach Hause kam, saß der Alte im letzten dünnen Licht der Sonne vor seiner Hütte, und nahe von ihm stand Bella an einer Waschwanne. Es war ein klobiges, selbstgezimmertes Ding und, wenn sie halb voll Wasser war, viel zu schwer, als daß eine Frau sie heben konnte. Als Bella das Wasser wechseln wollte, sprang St. Vincent herbei, um zu helfen. Sie nahmen die Wanne zwischen sich und gingen ein paar Schritte weit zu einem Abflußrohr. Zuerst rutschte St. Vincent im halb aufgetauten Schnee aus, und das Seifenwasser übersprudelte ihn. Dann glitt Bella aus, und ein paar Schritte weiter fielen sie beide um. Es tat nicht weh, sie fanden es lustig; Bella kicherte laut, und St. Vincent lachte mit. In der Luft und in ihrem Blute war Frühling. An diesem Tag war alles zum Lachen. Aber sie hatten nicht bemerkt, daß Borg die Ohren spitzte. Als sie die Wanne zurücktrugen, passierte es abermals, daß Bella mit beiden Füßen zugleich ausglitt und sich mit einem hörbaren Plumps auf den Boden setzte. Jetzt klang ihr Lachen schon wie Jubeln. Gregory reichte ihr beide Hände zum Aufstehen, aber da war mit einem Satz und wildem Gebrüll Borg über ihnen. Er riß die vier Hände auseinander und schleuderte St. Vincent auf die Seite, daß er ein halbes Dutzend Meter weit taumelte. Dann wiederholte sich der Auftritt aus der Hütte. Bella warf sich winselnd vor ihrem Herrn zur Erde, in den Schmutz, aber es geschah ihr nichts.

„Hör zu, Bursche", sagte Borg mit tiefem Schnauben zu St. Vincent. „Du schläfst in meiner Hütte und kochst deinen Fraß auf meinem Ofen! Das genügt! Mein Weib läßt du in Ruh!"

Der Frühling war gekommen wie ein Wunder, streichelte die Welt mit sanften Händen und wiegte sie in Träume ein, ehe der Sommer mit seiner Blumenpracht kam. Schnee lag nur noch auf den eisschründigen Zinnen, aus Schluchten und Tälern war er verschwunden; die Gletscher begannen zu schmelzen, und jeder Fluß war ein brüllender Strom. Jeder Tag wurde länger als der vergangene; jetzt begann die kühle Morgendämmerung schon um drei Uhr, und es wurde neun Uhr, ehe der Abend kam. Bald sollte sich ein goldener Kreis rings um den Himmel ziehen und die Mitternachtsstunde strahlend sein wie der Mittag. Weide und Esche hatten schon Kätzchen getragen. Jetzt schmückten sie sich mit Laub, und die Kiefern standen hoch im Saft.

Mutter Natur war mit einem Seufzer erwacht und hatte sich an ihre kurze Sommerarbeit gemacht. Die Grillen sangen nachts um stille Hütten, im Mondschein krochen Moskitos aus hohlen Baumstämmen, es waren große, lärmende, unschädliche Geschöpfe, die den ganzen Winter hindurch wie Eisstücke gelegen hatten und jetzt vergnügt einem neuen Tod entgegensummten. Alles kriechende, krabbelnde und flatternde Leben kam aus der warmen Erde hervor, um zu reifen, zu zeugen und zu sterben. Uferschwalben gruben ihre Niststollen in die weichen Lehmgänge, Rotkehlchen sangen von den Kiefern. Über ihnen pochte unaufhörlich der Specht, in der Tiefe des Waldes schwirrten jählings Rebhuhnweibchen auf, während die Hähne in der Pracht ihres Männerkleides auf und ab stolzierten.

Nur der Yukon kümmerte sich nicht um dies große Erwachen. Viele Meilen weit lag er noch immer kalt da, unbeweglich und tot. Wildgänse, die, vom Süden kommend, in keilförmigen Zügen den Wind spalteten, machten halt, spähten nach offenem Wasser aus und flogen enttäuscht weiter nach Norden. Hier und da brach das Wasser durch und überschwemmte das unerbittliche Eis, aber in der nächsten kalten Nacht gefror es wieder zu einer einzigen festen Masse. Man erzählte sich, daß das Eis auf diesem Strom einmal drei lange Sommer hindurch nicht gewichen war. Für diesen Sommer hoffte man auf besondere Wärme. Noch war der Fluß nicht willens, seinen Griff zu lockern, noch wollten die Eismassen nicht hinab ins Beringsmeer schwimmen, aber jede Stunde konnte Erlösung bringen.

Im Lager auf „Split-up-Island" war alles bereit, um die Eisschmelze auszunützen. Wasserstraßen sind in jedem wilden Land die ersten Landstraßen gewesen. Hier war der Yukon die einzige Straße. Die Leute, die darauf warteten, sie benutzen zu können, pichten ihre Boote aus und beschlugen ihre Bootsstangen mit frischem Eisen. Mit großen Messern schnitzten sie sich neue Steuerriemen zurecht.

Jacob Welse genoß das Nichtstun, das er sich im Leben so selten gegönnt hatte, und Frona sah, wie gut es ihm tat. Eines Nachmittags saß man zusammen vor dem Zelt; St. Vincent und sein Freund, der Baron Courbertin, waren zu Gast, und man berechnete, wie lang diese erzwungene Ruhe noch dauern könnte, als Jacob Welse witternd den Kopf hob.

„Da drüben, südlich von der Klippe! Könnt ihr etwas erkennen? Da bewegt sich was!"

„Ein Hund!"

„Für einen Hund bewegt es sich zu langsam. Frona, sei so gut, meinen Feldstecher."

Die beiden jungen Männer liefen um die Wette. St. Vincent wußte, wo der Feldstecher lag, und kam wie ein Sieger damit zurück. Jacob Welse hielt das Glas lange an die Augen und suchte die Klippe ab. Es war eine ganze Meile von der Insel bis zum anderen Ufer; das Sonnenlicht lag blendend auf dem Eis, und es war schwer, etwas auszumachen.

„Es ist ein Mensch", sagte er endlich und reichte dem Baron seinen Feldstecher. „Etwas ist da drüben nicht geheuer."

„Er kriecht!" rief der Baron. „Ein Mann, der auf Händen und Knien kriecht. Sehen Sie nur, sehen Sie!"

Zitternd reichte er Frona das Glas. Als Fronas Augen sich an das leuchtende Weiß gewöhnt hatten, erkannte sie ein winziges dunkles Etwas, das sich kaum von einem ebenso dunklen Hintergrund aus Erde und Buschwerk abzeichnete.

Es war ein Mann. Jetzt erkannte sie jede seiner Bewegungen! Er kroch mühselig an eine vom Wind gefällte Kiefer heran und versuchte, dies große Hindernis zu überwinden. Zweimal war es ihm schon mißglückt. Beim dritten Versuch, der unsägliche Mühe zu kosten schien, gelang es ihm, hinüberzukommen. Hilflos taumelte er weiter, dann fiel er, das Gesicht nach unten, in wirres Gebüsch.

„Ich glaube, er hat keine Kraft mehr“, sagte sie und reichte Gregory das Glas.

Der alte Welse sprang erregt auf und holte sein Gewehr aus dem Zelt: „Wir müssen ihm ein Zeichen geben. Paßt auf, ob er reagiert!“

Sechs Schüsse knallten in kurzen Abständen in die Luft hinaus.

„Er bewegt sich!“

Alle verfolgten in entsetzlicher Spannung, was der Unglückliche unternahm.

„Er kriecht ans Ufer. Ach! Nein ... Er liegt auf der Erde und hebt seinen Hut oder so etwas Ähnliches auf einen Stock! Jetzt winkt er!“

Jacob Welse steckte einen neuen Rahmen in sein Gewehr und gab noch einmal sechs Schüsse ab.

„Er winkt wieder! Mein Gott, jetzt hat er den Stock fallen lassen. Jetzt liegt er ganz still da!“

Alle drei sahen Jacob Welse an, als müßte er genau wissen, wie es um den Menschen stand. Der zuckte die Achseln.

„Ein Weißer oder ein Indianer? Wahrscheinlich Hunger. Vielleicht hat er auch einen Knochenbruch.“

„Aber vielleicht stirbt er!“ sagte Frona, und ihre Stimme bettelte, als könnte ihr Vater dies Schicksal wenden.

Der Baron rang die Hände: „Insuppertable! Oh, das sein terrible, das! Entsezlik! Direkt vor unsere Augen, und wir könne nicht elfen!“ Dann rief er plötzlich: „Nein! Das darf nicht passiere! Ich gehn ibber die Eis!“

Er wollte den Abhang hinunterspringen, aber Welse hielt ihn am Arm fest.

„Nicht zu hitzig, Baron! Helfen müssen wir, aber was braucht der Mann: Nahrung, Medizin, was sonst? Überlegen wir einen Augenblick, dann wollen wir einen Versuch machen.“

„Auf mich können Sie zählen“, erklärte St. Vincent schnell, und Fronas Augen leuchteten stolz.

Sie ging ins Zelt und packte Proviant zusammen. Die Männer besorgten ein zwanzig Meter langes Seil. Jacob Welse und St. Vincent wanden sich die Enden um den Leib, der Baron kam in die Mitte. Er wollte den Proviant tragen und schnallte sich den Rucksack auf. Frona sah vom Ufer aus, wie die Kolonne anmarschierte. Aber sonst schien niemand im Lager darauf zu achten.

Die ersten fünfzig Schritte ging alles gut, dann spürten die Männer, daß das feste Küsteneis sich veränderte. Welse führte sicher und ruhig; er tastete vor jedem Schritt ringsum das Eis ab und wechselte beständig die Richtung. St. Vincent brach zuerst ein, aber im Sturz hielt er seinen Stock quer, so daß er auf das Eis zu liegen kam. Sein Kopf kam nicht unter Wasser, aber die Strömung saugte an seinem Körper, und die beiden Männer mußten gewaltig ziehen, um ihn herauszuholen. Frona sah, daß sie einen Augenblick ratlos stehenblieben. Der Baron zeigte und gestikulierte eifrig, dann löste St. Vincent sich von den beiden anderen und kam ans Ufer zurück.

„Es ist unmöglich."

„Aber warum kommen dann die anderen nicht zurück?"

„Dieser Courbertin ist ein schrecklicher Draufgänger. Sie wollen noch einen letzten Versuch wagen."

„Und mein Vater ist auch ein schrecklicher Draufgänger", sagte Frona mit einem bitteren Lächeln.

Dann fragte sie: „Willst du nicht ins Zelt gehen und warme Sachen von meinem Vater anziehen?"

Er warf sich neben sie auf den Boden: „Laß nur, die Sonne trocknet."

Eine Stunde lang saßen sie da; Frona ließ das Glas nicht von den Augen. Die beiden Männer hatten jetzt die Mitte des Flusses erreicht; sie waren nur noch zwei schwarze Punkte in dem weißen Feld. Manchmal verschwanden sie völlig hinter Eismauern.

„Es ist nicht recht von ihnen", beklagte sich St. Vincent. „Sie haben gesagt, sie wollen's nur noch einmal versuchen, sonst wäre ich doch nicht umgekehrt! Aber sie müßten längst wissen, daß es unmöglich ist."

„Doch ... Nein ... Ja! Sie kehren um!" rief Frona. „Aber hör? Was ist das?" fragte Frona.

Ein dumpfes Poltern kam wie ferner Donner vom Eise her. Frona sprang auf.

„Vincent! Vincent! Der Fluß bricht auf?"

„Nein, nein! Gewiß nicht! Es ist schon vorbei."

Das Dröhnen hatte sich flußabwärts verzogen.

„Aber dort! Dort!"

Ein neues Poltern, noch dumpfer und unheilvoller als zuvor, machte die Schwalben und Rotkehlchen schweigen. Es lief über den Fluß, auf die Inseln zu, und zuletzt klang es wie das Poltern eines Eisenbahnzuges auf einer fernen Brücke. Dann war eine Minute Stille. Dann dröhnte es zum drittenmal aus dem Eis, noch fürchterlicher und länger andauernd als zuvor.

„Warum machen sie nicht schnell?"

Die beiden Punkte waren stehengeblieben; es schien, daß die Männer sich berieten. Frona suchte durch ihr Glas den Fluß hinauf und hinab. Es zeigte sich keine Bewegung im Eise. Aber jetzt begannen die Rotkehlchen wieder zu singen, und die kleinen Eichhörnchen spielten mit schrillem Pfeifen ihr altes Spiel von Ast zu Ast.

St. Vincent legte seinen Arm um das Mädchen: „Hab keine Angst, Frona! Wenn Gefahr wäre, wüßten sie es besser als wir. Aber sie lassen sich Zeit."

Das Getöse kam und ging mit bald kürzeren, bald längeren Pausen, aber sonst verriet nichts, daß das Eis im Aufbrechen war, und allmählich kamen die Männer der Küste wieder näher. Sie troffen von Wasser und zitterten vor Kälte, als sie den Hang erreichten. Frona griff nach den Händen ihres Vaters, die halb erstarrt waren, rieb und küßte sie.

„Ich hab' geglaubt, du kommst nicht wieder."

„War ja ganz ungefährlich, Mädel. Lauf jetzt hinein und schau, daß wir was zu essen kriegen."

„Was war denn nur?"

„Der Stuart ist aufgebrochen. Sein Eis schiebt sich unter die Yukon-Eisdecke. Wir haben es deutlich scheuern hören."

„Es war skreckerlick!" gestand der Baron. „Aber skreckerlicker noch, daß wir nicht könne retten diese unglücklike Mensch! Le misérable!"

„Sobald wir etwas gegessen haben, versuchen wir es mit den Hunden", erklärte Welse. „Mach schnell, Frona!"

Aber die Hunde versagten. Sie wählten die Leithunde als die klügsten aus, bepackten sie mit Proviant und schickten sie auf den Fluß hinaus. Jedesmal, wenn sie umzukehren versuchten, wurden sie mit Erdklumpen und Flüchen wieder aufs Eis getrieben. Aber sie verstanden gar nicht, was man von ihnen verlangte. Sobald sie außer Reichweite waren, blieben sie stehen, hoben die nassen, kalten Pfoten und heulten kläglich. Zuletzt fingen sie an, einer des anderen Proviantlast aufzureißen und leer zu fressen. Da gab man den Versuch auf und rief sie zurück.

Von Stunde zu Stunde wuchs das Getöse. Während der Nacht wurde es ein ununterbrochenes Donnern; gegen Morgen ließ es nach. Der Fluß war um zwei Meter gestiegen. An vielen Stellen stand das Wasser auf dem Eise. Es knurrte und krachte unaufhörlich; in allen Richtungen bildeten sich Risse. Als es heller wurde, hielten sie nach dem Mann am anderen Ufer Ausschau. Er regte sich nicht. Aber als sie ihre Gewehre abschossen, winkte er schwach.

„Es ist nichts zu machen, ehe das Eis aufbricht", erklärte Welse. „Dann müssen wir es mit dem Boot versuchen. St. Vincent, holen Sie sich Ihre Decken und schlafen Sie heute nacht hier. Wir müssen zu dreien paddeln, Sie und ich ... ich denke, daß wir den alten Phillip noch dazukriegen können."

Steht auf, die Vöglein zwitschern schon! Die Sonne scheint! Wacht auf!"

Es war erst drei Uhr morgens und noch tiefdunkle Nacht, als Del Bishop mit gurgelndem Baß diesen Ruf ausstieß. Frona fuhr aus dem Schlafsack, steckte ihre bloßen Füße in die Mokassins und warf sich einen Rock über. Im selben Augenblick hatte auch schon ihr Vater, der auf der anderen Seite eines Vorhanges schlief, die Zeltzipfel zurückgeschlagen und war hinausgetaumelt.

Der Strom war aufgebrochen! Seine Flut scheuerte gegen den höchsten Rand des Ufers. Er war mächtig im Steigen, und von Minute zu Minute konnte er die Insel überfluten. Manchmal schleuderte er gewaltige Eisschollen ins Land hinein. Als das erste Tageslicht matt erwachte, sah man auf hundertfünfzig Schritt Abstand sein weißes Feld mit dem grauen Himmel verschmelzen, das Plätschern seiner Wellen mischte sich mit dem Scheuern der gesprengten Eismassen. Del Bishop war weitergelaufen, um die Leute auf „Split-up-Island" zu wecken.

„Holen Sie den Phillip“, befahl Jacob Welse. „Er soll sich bereit halten, in spätestens einer Stunde brechen wir auf!“ Dann wandte er sich an Frona: „Es wäre Zeit, daß St. Vincent über den Kanal kommt. Wir nehmen das Kanu vom Baron. Es ist das beste.“

Der Baron, barfüßig und vor Kälte zitternd, sagte: „Sie wollen mit meine Bott fahren? Warum mich nicht mitnemme? Man braucht dann keine Vincent!“

„Weil Sie nicht paddeln können!“ antwortete Welse. „Zum Üben ist das heute kein Tag.“

„Jedenfalls hätten Sie Zeit, sich die Mokassins anzuziehen“, ergänzte Frona. „Sonst retten wir den Burschen da drüben vorm Verhungern, und inzwischen gehen Sie uns am Schnupfen ein.“

„Serr schade, daß mich nicht nemmen! Das bisken Rudern ich ätte schonn gelernt.“ Damit sprang er auf eine große Eisscholle, die geräuschlos vorbeiglitt.

„Zum Teufel! Sind Sie wahnsinnig geworden?“ rief Welse und streckte die Hand nach ihm aus, aber er war schon abgetrieben.

Die Bewegung im Eise wurde immer stärker, das scheuernde Geräusch immer lauter und drohender. Gewandt wie ein Zirkusreiter und kaltblütig wie ein Hurone, ließ sich der Franzose am Ufer entlang wirbeln. Seine Eisscholle bockte und bäumte sich wie ein störrisches Pferd. Er hielt sich etwa dreißig Meter weit, dann kam er mit einem eleganten Sprung wieder ans Ufer. Lachend kam er zurück, aber sein Reiterstück trug ihm nur ein paar auserwählte Namen aus dem allermännlichsten Teil von Jacob Welses Wortschatz ein.

„Warum Sie nenne mich ein zehnmal vernageltes Nass-Orn?“ fragte er beleidigt.

„Darum!“ antwortete Welse und wies zornig auf den schimmernd dahingleitenden Strom. Dort hatte gerade eine große Scholle sich mit dem vorderen Ende in das Flußbett hineingejagt, und nun richtete sie sich senkrecht empor. Rings um sie kräuselte sich treibendes Eis wie Papier, dann kippte die festgeratene Scholle plötzlich hoch, bohrte sich mit dem Schwanzstück in den Grund und reckte die schmutzige Schnauze in die Luft. Weiter abwärts prallte sie auf die treibende Masse, zerschellte zu tausend Trümmern, und losgerissene Eisstücke flogen wie aus einer Explosion bis zu den Füßen der Menschengruppe.

„Sie abbe rekt!“ Tiefe Andacht vor diesem ungeheuren Schauspiel lag in der Stimme des Barons.

Die ganze Fläche des ungeheuren Stromes bog und bäumte sich jetzt, als seien riesige Minen auf seinem Grunde zur Entladung gekommen. Es war wie ein Kampf zwischen den Eisbergen und Eisklötzen, ein Kampf, in dem jedes Partikel Natur gegen das andere wütete, und jedes organische Wesen, das in dieses Gewühl geriet, mußte verloren sein.

Je höher der Tag stieg, um so majestätischer wurde das Bild. Frona war hingerissen:

„Ich hätte nie geahnt, daß es auf Erden so etwas Herrliches gibt!"

St. Vincent war noch immer nicht eingetroffen.

„Jetzt fällt der Fluß!" verkündete Welse eine gute Stunde später. Die Eisschicht war gefallen, sie lag jetzt zwei Meter tief unter dem Hang, und Baron Courbertin zeichnete die Stelle mit seinem Stock an. Nun war es auch hell genug, um wieder mit dem Feldstecher das ferne Dickicht abzusuchen. Dort lag der Verwundete, der sicher verloren war, wenn nicht heute noch Rettung kam.

„Er liegt noch da, aber er bewegt sich nicht mehr."

Zwei Stunden später war unter der Gewalt eines Sonnenlichtes, wie diese Breiten es nur selten kannten, das Eis in Massen geschmolzen, und nun lag die Oberfläche des Flusses schon sechs Meter tiefer als beim Erwachen. Aber aus dem Stuart stießen sich immer noch Eisbarren vor, drängten in die Kanäle zwischen dem Split-up-Island und fuhren mit Krachen ineinander. Del Bishop erschien zum zweitenmal an diesem Tage, in fliegender Eile und schweißüberströmt, aber immer noch die gute Laune selbst. Er hörte, wie Frona und Courbertin sich auf französisch von Dingen unterhielten, die weitab von diesem Schauplatz lagen, vom Theater in Paris, dem letzten Roman von Anatole France.

„Würden die hochgebildeten Herrschaften nicht in dieses romantische Tal zurückkehren?" fragte er. „Kommen Sie mit mir! Es liegen ein paar Schwerkranke in der Hütte dort unten."

Im Laufschritt verschwand er zwischen den Bäumen, und alle folgten ihm, so rasch sie konnten. Im Rennen stießen sie auf drei typische „Chechaquos", die in einem Talkessel überwintert hatten. Ihr Lagerplatz war überschwemmt, hilflos standen sie vor ihrem Zelt, um ein Boot herum, das sie noch nicht flott kriegen konnten. Der Eisstoß war jetzt kaum fünf Meter von ihnen entfernt, er konnte plötzlich über die Insel hereinbrechen und alles zerstampfen.

„Schert euch hier weg, ihr Dummköpfe!" brüllte Jacob Welse und rannte weiter. Auch Del Bishop rief ihnen zu: „Ein bißchen dalli!"

Sie verstanden ihn nicht. Sie hörten kaum. Einer sah sie mit ganz verständnislosen, verschreckten Augen an. Ein anderer lag unbeweglich bäuchlings quer über dem Steuersitz des Bootes, seine Kräfte schienen völlig erschöpft. Ein dritter, der wie ein Büroschreiber aussah, schwankte hin und her und jammerte eintönig: „Mein Gott! Mein Gott!"

Der Baron blieb eine Sekunde stehen, um ihn zu schütteln. Frona rief: „Lassen Sie Gott aus dem Spiel, und nehmen Sie sich auf Ihre Beine! Weg vom Ufer! Lauft in den Wald, zwischen die Bäume! Irgendwohin, nur weg!"

Man versuchte, ihn mitzuziehen, aber der Mann schlug um sich und wollte nicht folgen. Sie eilten weiter und kamen an einen gerodeten, aber ganz überschwemmten Platz, auf dem eine Hütte stand. Auf dem flachen Rasendach lagen zwei in Decken gewickelte Männer. Jacob Welse, Courbertin und Bishop stürzten sich in die Hütte, in der die Flut wogte, um herauszufischen, was von der Habe dieser Männer noch brauchbar war.

„Passen Sie auf, zum Teufel, daß mein Tabak nicht naß wird", bat einer der kranken Männer mit schwacher Stimme vom Dache.

„Was an deinem Drecktabak schon liegt!" flüsterte sein Kamerad. „Aber mein Mehl und mein Zucker, das ist wichtig!"

„Weil der Bursche Nichtraucher ist, Fräulein", erklärte der erste Mann. „Aber die anderen Burschen sollen doch auf meinen Tabak acht geben."

„Da hast du ihn, und damit Maul gehalten", rief Del und warf dem Kranken seinen Tabaksbeutel hin, der danach griff, als wäre es ein Beutel mit Goldstaub.

„Was kann ich für euch tun?" fragte Frona. „Wir haben so einige Medizin mit uns, vielleicht haben wir das Richtige."

„Uns kann nichts helfen, Fräulein, als das Land Gottes und rohe Kartoffeln. Wir haben Skorbut."

„Aber was wollt ihr eigentlich hier? Marsch, aufs Trockene!"

In diesem Augenblick wurde mit Stöhnen und ungeheurem Krachen eine Eisscholle gegen die Hütte geschleudert. Die vorspringenden Eckpfähle zersplitterten, die Hütte schwankte. Courbertin und Jacob Welse waren darin.

Dem Dröhnen folgte eine Sekunde tiefste Stille. Dann hörte man aus dem Innern die Stimme des Barons:

„Nach Ihnen, wenn ich bitte darf, Monsieur!"

Welse erschien mit vergnügtem Lachen; ihm folgte der höfliche Franzose, als sie sich zwischen der Eisscholle und den Pfählen ins Freie zwängten.

„Noch ein solches Osterei, und wir zwei sind erledigt, Billi!" sagte der Mann mit dem Tabak zu seinem Kameraden.

„Lange kann's nicht dauern", antwortete Bill. „Nicht weit von hier, bei Nulatto, hab' ich mal gesehen, wie eine Insel reingefegt worden ist, ratzekahl, wie der Küchenfußboden bei meiner alten Mutter."

„Retten müssen wir die Leute."

Jacob Welse kletterte auf das Hüttendach und blickte auf die große weiße Barre hinab.

„Wo ist Phillips?"

„Der sitzt seit einer Stunde wie versteinert auf seinem Zelt."

Welse sah von seinem Dach wie von einem Aussichtsturm auf die Fläche des Stroms. Der Stuart hatte neue Eismassen als eine Reservearmee ins Gefecht geworfen, der Yukon stieg wieder, und rings an der Küste warfen sich Schollen gegen den Wald. Mit Krachen und Knirschen wurden die Bäume zermalmt oder samt der Wurzel ausgerissen.

Frona und Bishop packten Bill an Schultern und Beinen und schleppten ihn ab, in der Richtung von Phillips Hütte. Jacob Welse und der Baron wollten gerade seinen Kameraden über die Dachtreppe heben, als ein zweiter Eisstoß die Hütte von vorn berannte. Ihre Balken stürzten wie ein Kartenhaus zusammen. – Frona wandte sich um, und bei dem Anblick erstarrte ihr Blut. Während Courbertin und der Kranke von dem Hüttendach heruntergeschleudert wurden, war ihr Vater plötzlich verschwunden, zwischen den zerborstenen Balken vergraben. Sie sprang zurück, Bill blieb im eisigen Wasser liegen. Sie suchte, ohne einen Laut von sich zu geben, die Trümmerstätte ab, fand ihren Vater, der eingeklemmt lag, den Kopf unter Wasser. Sie zerrte an ihm, um wenigstens seinen Mund über Wasser zu bekommen, aber es glückte nicht. Sie ließ den geliebten Kopf los, warf sich selbst in die eiskalte Flut, fühlte rings und fand die Stelle, an der sein rechter Arm zwischen die Balken geklemmt war. Die Balken konnte sie nicht heben, aber sie fand eine handliche Dachlatte – alles dauerte nur Sekunden –, preßte sie zwischen die Balken und setzte mit der Kraft eines Mannes den Hebel an. Der erste Versuch mißglückte, die kostbare Latte bog sich und knirschte drohend. Sie fand eine andere Lücke, in der sie den Hebel ansetzen konnte, beugte sich darunter, stemmte und drückte mit aller Kraft ihres Körpers. Der Arm ihres Vaters wurde frei! Mit Schmutz und Erde bedeckt, kam sein Gesicht zum Vorschein.

Jacob Welse schöpfte mühsam Atem, minutenlang brach und spuckte er das Wasser aus. Dann rieb er seine Augen und erkannte, daß sein Leben gerettet war.

„Das war nicht schlecht für ein kleines Mädel!"

Mit seinem Mund voll Schmutz und Erde küßte er Frona, dann spien sie beide lachend die Erde aus.

Courbertin kam um die Ecke des zusammengestürzten Hauses gesprungen.

„Das sein eine Bursche!" rief er begeistert. „Eine ganz rabiate Bursche! Hat sich bei die Fall seine Schädel eingeslagen, und seine Tabak ist weg. Jetzt er lamentieren nur um die Tabak!"

„Wir müssen warten, bis die anderen wiederkommen. Ich kann leider nicht mehr tragen helfen", sagte Jacob Welse und wies auf seinen rechten Arm, der schlaff herunterhing. „Nur ein bißchen verstaucht. Nichts gebrochen. Aber für heute taugt er nichts mehr."

Der Fluß schob seine Eisfülle ruhig weiter. Er war wieder im Fallen, aber an der Küste war eine drei Meter hohe Mauer von Eisschollen zurückgeblieben. Die großen Blöcke hatten sich zwischen gestürzten und noch aufrechten Bäumen, über die schlammbedeckten Wiesen hin, in das Land gewälzt wie der Auswurf eines titanischen Ungeheuers.

Die Sonne schien, daß die Eisberge dampften, sie flammten wie ein Berg von Diamanten, manchmal, hier und dort, kalbten sie, dann stürzten Türme und Minaretts, die in allen Farben des Regenbogens leuchteten, mit Brausen in die Flut zurück.

An einer offenen Stelle lag Courbertins Kanu, dort hatten sich alle Bewohner des „Split-up-Island" mit Ausnahme der drei Chechaquos und der beiden

Kranken versammelt. Man hatte endlich wieder Zeit, an die Rettung des Verunglückten zu denken.

„Zwei Mann sind mehr als genug", erklärte der Schotte Phillips. „Wenn drei im Kanu sind, kann man den Mann nicht mehr laden!"

„Wir müssen drei Mann sein, das wissen Sie so gut wie ich", erwiderte Corliss.

„Nein, zwei sind mehr als genug, sage ich!"

„Ich fürchte auch, daß wir es zu zweit schaffen müssen", erklärte Del Bishop.

Der Schotte machte ein zufriedenes Gesicht. „Absolut richtig. Und ich hab' keine Angst, daß ihr es nicht ausgezeichnet schaffen werdet, mein Junge!"

„Einer von den beiden werden Sie sein, Phillips", fuhr Corliss ihn an.

„Denke nicht dran! Es sind genug andere da!"

„Das stimmt leider nicht. Courbertin hat keine Ahnung vom Paddeln. St. Vincent kann offenbar nicht über das dünne Eis kommen. Herr Welse kann nicht mit, weil er den Arm nicht gebrauchen kann. Also machen wir zwei es, Sie und ich!"

„So, und der Riesenbengel da, der Bishop? Der kann anders paddeln als ich."

Aber Frona wußte es besser.

„Bishop ist ein tapferer Kerl!" erklärte sie. „Vielleicht hat er mehr Mut im kleinen Finger als Sie in Ihrem ganzen Leichnam. Ich bin mit ihm gereist. Aber ich weiß, daß er vom Rudern nichts versteht und vom Paddeln erst recht nichts, und auf dem Wasser ist er überhaupt nicht viel wert."

Der Schotte wurde blaß: „Ich will nicht leugnen, daß ich leidlich paddeln kann, und aushalten tu ich schließlich auch, was ein anderer aushält. In Gottes Namen, dann wollen wir ein bißchen warten, bis der Fluß eisfrei ist."

„Maul halten, du Feigling!"

Del war mit einer ledernen Lunge und einer Kehle aus Messing zur Welt gekommen. Als ihn jetzt die Wut packte, wurde der Schotte ängstlich und widersprach nicht mehr.

„Ich sehe offenes Wasser! Ich komme mit!" rief Frona. Im Augenblick riß Corliss sein dickes Flanellhemd herunter, um sich besser regen zu können. Frona warf Rock und Jacke ab und sah jetzt in ihren ledernen Reithosen wie ein junger, tüchtiger Bursche aus.

„Sie werden's schaffen", erklärte Del.

Jacob Welse trat besorgt an das Boot, um die Paddeln zu untersuchen.

„Willst du wirklich? ..."

Frona nickte.

„Ihr Mädel hat Mut!" fiel Phillips ihr ins Wort. „An mir sollte es auch nicht fehlen, aber ich hab' ein Weib und drei Kinder zu Hause."

Gleich darauf wurde das Boot von einer flachen Eisscholle aus zu Wasser gelassen.

„In den Bug mit dir, Phillips!" kommandierte Del Bishop. Der Schotte stöhnte, aber er hörte Del Bishops schweren Atem in seinem Genick und wußte seinem Schädel die eisernen Fäuste zu nahe. Er gehorchte.

Frona setzte sich in den Stern und ergriff ihr Ruder: „Steuern kann ich!"

„Sie? Frona? ..." fragte Corliss, der jetzt erst bemerkte, daß sie mitkommen wollte. Er sah Jacob Welse zweifelnd an, aber der Alte verzog keine Miene.

„Los jetzt!" rief Del ungeduldig.

Der dunkle Strom, der jetzt mit reißender Schnelligkeit zwischen kristallenen Eismauern dahinschoß, bot ein erhabenes Bild. Im Hintergrund reckten sich grüne Wälder in den leicht bewölkten Sommerhimmel, und über allem lag die Sonne, deren Hauch heiß war, wie aus einem Schmelzofen. Bei diesem Anblick erinnerte sich Corliss an ein Bild im Wohnzimmer seiner Mutter. Er sah sie plötzlich in einer ihrer häufigen Teegesellschaften zwischen all den weißhaarigen Damen und Herren, sah die bunten Teppiche vor Augen, die zierlichen Dienstmädchen, hörte die Kanarienvögel ...

In seinem Rücken fühlte er eine Frau ..., die Frau, um die seine Gedanken kreisten ..., und nun zogen alle Frauen, denen er im Leben begegnet war, im Geiste an ihm vorüber. Sie schienen ihm blasse, schwach leuchtende Gespenster, alle, im Vergleich mit dieser zarten, schlanken Frona, die hinter ihm den Riemen führte, um das Boot durch Not und Tod zu steuern, einem wildfremden Menschen zur Rettung.

An einer Eisscholle vorbei, die sich überstürzte, im Augenblick, als das Boot um einen Meter aus der Gefahr war, durch einen Kanal hindurch, so eng, daß man zu beiden Seiten die Eisstücke streifte, schoß das Kanu ins offene Wasser hinaus.

„Gut gemacht, Frona!" jubelte Corliss.

„Verrücktes Mädel!" knurrte der Schotte. „Hätten wir nicht noch ein bißchen warten können?"

Frona lachte leise und herausfordernd. Vance warf ihr über die Schulter einen Blick zu; über ihrem Gesicht lag ein frohlockendes Strahlen. Ihre Mütze hatte sich verschoben. Im Sonnenschein flatterten ihre Locken.

„Am liebsten möchte ich singen!" rief sie. „Aber ich darf die Puste nicht verschwenden."

„So möchte ich immer mit Ihnen fahren", unterbrach Vance.

Sie überhörte, was er sagte, und fuhr fort: „Vance, ich bin ja so froh, daß wir wieder Freunde sind."

„Es ist nicht meine Schuld, daß wir nicht mehr sind als das."

„Sie kommen aus dem Takt, mein Lieber!"

Die beiden Männer handhabten die Paddeln, daß der Schweiß in Strömen floß. Durch Wirbel und Stromschnellen, an zackigen Eisblöcken hin, steuerte Frona mit nachtwandlerischer Sicherheit. Ihr Paddel stieß wie ein Schwert in die Flut, immer in der letzten Sekunde am Verderben vorbei, und haarscharf fand sie den Weg, wie nur der kaltblütigste Mann ihn gefunden hätte. Das Boot schoß wie ein Pfeil vorwärts und wollte sich an einem Eisberg vorbeidrängen, der, plötzlich kalbend, mit Gedröhn in sich zusammenstürzte. Das Wasser schäumte in einem Riesenkranz hinter ihnen empor, sie entgingen den Blöcken, aber im Augenblick war ihr Kanu bis zum Rande gefüllt.

„Hab' ich es euch nicht gesagt, ihr Dummköpfe!" schrie der Schotte.

Corliss kommandierte:

„Sitzen Sie still und schöpfen Sie Wasser!" Dann drohte er warnend:

„Sonst hatten Sie zum letztenmal im Leben mit Dummköpfen zu tun!"

Im Schatten überhängender Blöcke gelangte das Boot lautlos in den letzten Wirbel hinein. Jetzt näherte es sich dem Gestade, aber dort herrschte eine wütende Brandung.

„Zeigt, was ihr könnt!“ war der letzte Befehl, den Corliss geben konnte, denn in dem Getöse, in das sie jetzt stürzen mußten, wäre eine Männerstimme nur wie das Zirpen einer Grille im Gebrüll eines Erdbebens gewesen. Auf und nieder, auf und nieder gingen die Paddeln, das zerbrechliche Kanu zitterte und bebte unter der furchtbaren Anstrengung. Nach rechts und links wollte es der fauchenden Brandung entgleiten, aber Frona hielt es fest in der Hand. So kamen die letzten fünf Minuten, deren jede wie eine Ewigkeit war ... jetzt waren es nur noch Meter, die Zoll um Zoll mit wütender Anstrengung bezwungen werden mußten. Dann waren sie am Ziel! In diesem Augenblick versagten die Nerven des Schotten. Wie eine Vision sah er das Verderben: sah die Nußschale in wirren Schaummassen untergehen, sich selbst mit im Winde flatterndem Haar und Händen, die ins Leere griffen, fühlte, wie die geifernde Flut ihn verschlang. Einen Augenblick lang, mit weitaufgerissenem Mund, starrte er vor sich hin, rührte die Paddel nicht – da waren sie schon wieder um viele Meter zurückgeworfen, trieben abermals in dem Wirbel, dem sie eben entronnen waren.

Frona lag ins Boot zurückgeschleudert und schluchzte. Die Sonne brannte ihr prall ins Gesicht. Corliss lag in der Mitte des Schiffes, er stöhnte laut, und vorn saß der Schotte, nach Luft ringend, das Gesicht in den Händen begraben.

Die Betäubung dauerte nur Minuten, dann ermannte sich Corliss: „Wir müssen raus!“

Über ihm hing regenbogenfarbig eine Eismauer, ein Märchenschloß! Silbernes Geäder rieselte durch die Wände, in den klaren Tiefen schienen alle Geheimnisse von Leben und Tod zu schlafen.

„Vorwärts! Noch einmal! Los!“

Der Schotte hob den Kopf und sah sich um: „Geben wir lieber auf.“

„Los!“ wiederholte Corliss.

Sie landeten an einer hohen Bank, brachten mit letzter Kraft sich selbst und das Boot wieder aufs Trockene. Als sie endlich festen Boden unter den Füßen hatten, nach Todesängsten ohne Maß ihr Leben wieder gleichsam in Händen hielten und auf die Hölle zurücksahen, durch die sie geschifft waren, sprach Frona:

„Ach, Vance!“

„Frona! Ja, Frona!“

„Hätte ich dumme Gans doch mehr gegessen heut morgen! Einen Wolfshunger hab' ich.“

Sie ließen sich in der Sonne nieder, reckten die Glieder und schlugen ihre Zähne wie wilde Tiere in schwammig gewordenes Brot, in zähes Dörrfleisch; sie hätten sie in Lederriemen geschlagen, wäre kein Proviant dagewesen.

„Langsamer!“ rief mit plötzlichem Schrecken Corliss. „Wir fressen ja dem Unglücklichen das Futter weg, mit dem wir ihn retten wollten.“

Jetzt hatte die Wirklichkeit sie wieder. Sie sahen einander an und lachten selig. In dieser Stunde vergaßen sie schon, wieviel Verzweiflung hinter ihnen lag.

„Jetzt müssen wir weiter“, sagte Frona und versuchte aufzustehen.

„Erst muß ich Sie verbinden, Frona.“

Corliss wies auf ihre Füße. Beim Klettern über den rissigen Hang hatte sie sich die Sohlen der Mokassins zerfetzt, das Eis hatte tiefe Risse in ihre Füße geschnitten. Die Sohlen und alle Zehen bluteten.

„Die zarten Füßchen“, spottete Phillips. „Man sollte nicht glauben, daß so ein süßes Mädel zwei starke Männer geradeswegs in die Hölle jagen kann.“

„Vielleicht sind Sie schon auf dem Weg zur Hölle!“ antwortete Corliss zornig.

„Jawohl, mein Junge! Mit 40 Meilen Geschwindigkeit in der Stunde!“ antwortete der Schotte, der um jeden Preis das letzte Wort haben wollte.

„Geben Sie mir eines Ihrer Hemden!“ verlangte Corliss.

„Ich hab' ja nur eins an. Es macht auch nichts, wir müssen weiter.“

„Keinen Schritt, ehe ich Sie verbunden habe!“

Im Augenblick hatte Vance Corliss sein Hemd über den Kopf gezogen und fing an, es in breite Streifen zu zerreißen.

Frona lachte: „Was Sie für ein Kerl geworden sind! Wie Sie dastehen, mit zerzaustem Haar, eine Mordwaffe zur Seite und nackt bis zum Gürtel! Wie ein Seeräuber, ein Berserker, der in den Kampf zieht. Ich wollte, ich hätte meinen Photoapparat bei mir; dann könnte ich später sagen: so sah Vance Corliss, der große arktische Forscher, am Ende seiner berühmten Reise aus.“

Er kniete vor ihr nieder, um ihre Füße zu verbinden. Plötzlich fragte er: „Was ist aus Ihren Hosen geworden?"

Sie sah an sich herab, das Leder war zerfetzt. Aber immerhin war es noch eine Hose, und sie rief: „Schämen Sie sich!"

„Ich bedauere nur, daß ich keinen Apparat bei mir habe. Ich könnte sonst später sagen: Diese junge Dame hier, der der Wind durch die Hosen pfeift, ist ..."

Zehn Minuten später erkletterten sie den Hang, auf dem immer noch das Notsignal flatterte. Dort lag, auf die Erde hingestreckt, ein regloser Mann.

„Tot ... Wir kommen zu spät ...", flüsterte Frona mit Entsetzen.

Aber da bewegte sich der Kopf, und der Fremde stöhnte ganz leise. Seine derben Kleider waren zerfetzt, aus den zerschlissenen Mokassins sah zerschundenes Fleisch heraus. Eigentlich war er kein Mensch mehr, nur noch ein Gerippe. Seine Knochen schienen die gestraffte Haut zu sprengen.

Corliss legte die Hand auf seine Stirn. Da schlug er glasige Augen auf und versuchte zu sprechen.

„Das ist scheußlich", murmelte Phillips und ließ seine Hand über den skelettierten Arm gleiten. Das Gerippe nahm ein wenig kondensierte Milch und heißen Tee auf. Dann schleppten sie zu dritt den elenden Rest eines Menschen über die Hänge hinab ins Boot. Eine Spur von Bewußtsein erwachte in dem Fremden. Er flüsterte heiser: „Jacob Welse ... Wichtige Botschaft ..."

Seine Finger tasteten kraftlos an dem offenen Hemd nach dem Lederriemen, an den eine Brieftasche angeschnallt war. – Das Kanu kam gut vom Ufer ab. Sie brauchten jetzt nur noch der Strömung zu folgen und hatten nicht mehr viel Anstrengung nötig. Corliss' nackter Rücken färbte sich schnell, die Sonne brannte ihn tiefrot, und Frona griff ins Wasser, spritzte ihm Kühlung über den Rücken:

„Heute abend werden Sie mit Goldcreme behandelt, wie ein neugeborenes Baby! Darauf freue ich mich!"

„Wir haben heute eine gute Tat getan", bemerkte der Schotte. „Das ist Gott wohlgefällig, einem Bruder in der Not zu helfen."

„Besonders, wenn's einem schwerfällt", antwortete Corliss.

Sie landeten – aber auch die Heimfahrt hatte noch schwere Kämpfe gekostet, und öfters als einmal waren sie nur durch Wunder dem Tod entgangen – auf einer der „Split-up-Island“, nicht der, auf der Welses Lager war. Jetzt lagen sie unter alten Bäumen. Die Sonne schien spärlich durch die grünen Kiefernnadeln zu ihnen herein, Rotkehlchen sangen, und ein Riesenvolk von Grillen zirpte den Frühling an. Dort schliefen sie tief, viele Stunden lang, bis die tödliche Erschöpfung verwunden war. Am liebsten hätten sie für Tage und Nächte die Augen nicht wieder aufgetan. Aber der gerettete Indianer mußte Pflege haben. Noch eine Anstrengung ... dann war das Werk getan.

Frona und Corliss drangen auf zitternden Beinen in das Innere der Insel ein. Sie stießen bald auf ein großes Blockhaus, aber kein Mensch war zu sehen.

„Gehen Sie zu unserem Patienten zurück, Vance. Ich bin noch lange nicht so müde wie Sie. Schließlich ist Steuern nicht dasselbe wie Rudern.“

Auf der anderen Seite der Hütte pochte Frona an die Tür. Als keine Antwort kam, öffnete sie und trat ein. Sie hatte nicht erwartet, einen Menschen anzutreffen, und nun war der ganze Raum voll von Männern, alle so völlig in Anspruch genommen, daß keiner auf sie achtete. Sie saßen in zwei Reihen auf langen Schlafpritschen, dazwischen war ein schmaler Gang, an dessen Ende ein breiter Tisch stand. Auf diesen Tisch schien sich alle Aufmerksamkeit zu konzentrieren.

Frona kam aus dem blendenden Sonnenlicht und tastete anfangs wie durch Nacht, so daß sie das ganze Bild nur wie Schatten aufnahm und beinahe für einen Spuk hielt. Dann aber, als sie sich an das Halbdunkel gewöhnt hatte, erkannte sie, daß an dem Tisch ein bärtiger Amerikaner saß, der von Zeit zu Zeit mit einem leichten Hammer auf das Holz schlug. Ihm gegenüber kauerte auf einer Bank Gregory St. Vincent. Er sah erschöpft und so verzweifelt aus, als hätte er viele Stunden lang geweint. Sein hübsches Gesicht war vor Angst ganz zerstört.

Der Mann mit dem Hammer hob die rechte Hand und sprach vor: „Schwören Sie, daß alles, was Sie hier vor Gericht erklären werden ...“

Er hielt plötzlich an und sah zornig auf einen Mann, der an der anderen Seite des Tisches stand.

„Nehmen Sie den Hut ab!“ sagte er heiser und drohend. Als der Mann gehorchte, lief ein breites Lachen durch die versammelte Menge. Dann begann der mit dem Hammer zum zweitenmal:

„Schwören Sie, daß alles, was Sie hier vor Gericht erklären werden, die Wahrheit, die reine Wahrheit und nichts als die reine Wahrheit ist! So wahr Ihnen Gott helfen möge!“

Der Zeuge, der wie ein Schwede aussah, hob den Arm, um den Eid nachzusprechen.

„Halt! Einen Augenblick, meine Herren!“ rief Frona und drängte durch den schmalen Gang nach vorn. St. Vincent hörte den Klang ihrer hellen Stimme, sprang auf und streckte ihr die bebenden Arme entgegen.

„Frona!“ rief er, und in seinem Ton lag etwas wie Glück. „Frona! Du mußt mir glauben, daß ich unschuldig bin!“

Einen Augenblick war alles, was Frona in dem schwachen Licht wahrnahm, eine Masse weißer Gesichter mit vielen brennenden Augen, die wie eine gespenstische Drohung St. Vincent umgaben.

Unschuldig? Welcher Tat sollte er unschuldig sein? Was wollten diese Menschen von ihm? Weswegen hatten sie ihn angeklagt? Gestern abend noch hatte er harmlos und hilfsbereit in ihrem Kreise gesessen, war nur auf eine kurze Rast, und um sich für die Rettungsexpedition zu rüsten, nach Hause gegangen … was konnte er während dieser wenigen Stunden verbrochen haben?

„Eine Freundin des Angeklagten“, sagte der Richter mit dem Hammer. „Will einer von euch einen Stuhl für sie holen?“

„Einen Augenblick …“

Sie schwankte auf den Tisch zu und legte die Hand darauf.

„Ich habe einen Antrag zu stellen …“

Ihr Blick glitt an der eigenen Gestalt nieder, sie sah, daß ihre Füße in schmutzige Lumpen gewickelt waren, daß sie eine zerfetzte Hose trug, daß ihr Arm aus einem Riß im Ärmel hervorsah, und daß das Haar ihr um die Ohren wehte. Ihre Wangen und die eine Seite ihres Halses waren von einem merkwürdig klebrigen Stoff überzogen. Sie kratzte mit der Hand daran, Brocken getrockneten Schlammes fielen zu Boden.

„Was geht hier vor …? Ich verstehe das alles nicht“, stotterte sie.

„Setzen Sie sich jetzt, Fräulein“, sagte der Vorsitzende freundlich. „Wir sind alle in derselben Lage wie Sie. Wir verstehen es auch nicht. Aber Sie können mir glauben, wenn ich Ihnen sage: wir sind hier, um die Wahrheit zu finden. Und die werden wir finden! Setzen Sie sich.“

Sie hob die Hand: „Einen Augenblick …“

„Setzen Sie sich!“ sagte der Mann mit dem Hammer streng. „Das Gericht darf nicht gestört werden.“

Mißbilligende Worte, ein drohendes Murmeln kamen aus der Versammlung, der Mann schlug mit dem Hammer auf den Tisch, um Schweigen zu gebieten. Aber Frona blieb stehen.

„Herr Vorsitzender, wenn das hier ein Gericht ist …“

Der Mann nickte.

„… dann habe ich ebensoviel Recht, gehört zu werden, wie jeder andere. Ich habe eine wichtige Mitteilung zu machen.“

„Aber Sie dürfen nicht unterbrechen, Fräulein – Fräulein …“

„… Welse!“ ergänzte ein Chorus tiefer, gedämpfter Stimmen.

„Fräulein Welse!“ fuhr der Richter fort. Seine Haltung wurde sogleich ehrerbietiger. „Es tut mir leid, aber ich kann nicht dulden, daß Sie das Verhör unterbrechen. Nehmen Sie Platz.“

„Ich appelliere an die Versammlung! Die Verhandlung muß unterbrochen werden! Zehn Schritte von hier, gleich hinter dieser Hütte, liegt ein Mann, der am Verschmachten ist. Wir haben ihn vom anderen Ufer des Yukon herübergeholt. Der Mann braucht Hilfe, sofort, ohne jeden Verzug.“

„Vier Mann sofort hinaus! Die der Tür am nächsten sitzen“, befahl der Richter. „Und Sie gehen mit, Doktor! Ich danke Ihnen, Fräulein Welse. Sie hatten recht.“

„Ich bitte … Verhandlung … unterbrechen“, flüsterte St. Vincent.

„Darum bitte ich auch, Herr Vorsitzender“, schloß Frona sich an. „Vertagen Sie das Verhör, bis für den Mann draußen gesorgt ist.“

„Weiter verhandeln! Keine Unterbrechung!“ kam es aus dem Auditorium.

Frona verbeugte sich vor dem Richtertisch und nahm auf dem Stuhl neben Gregory Platz.

„Was geht hier vor? Was will man von dir?“

Er nahm ihre Hand und preßte sie mit schweißnassen Fingern.

„Glaub' ihnen nicht, Frona. Sie wollen ... sie wollen mich ...“, er würgte, als säße die Faust des Todes schon an seiner Kehle, „sie wollen mich umbringen.“

Frona zog ihren Stuhl ganz nahe an den seinen heran und legte beide Hände auf seinen schlotternden Arm.

„Du mußt ganz ruhig sein, Vincent. Ganz ruhig. Es gibt solche Stunden, in denen darf ein Mann seine Nerven nicht verlieren, und dann ist auf einmal alles ganz anders, und alle Gefahr ist vorbei. Du kannst nichts Böses getan haben. Nichts, was gegen die anderen ist. Denn das sind ja alles unsere Kameraden, und du bist ein guter Kamerad. Und jetzt bin ich bei dir, und ich gehe mit dir durch Himmel und Hölle. Und jetzt erzählst du mir alles.“

Er hatte sich, während sie zu ihm sprach, die Hand über die Augen gedeckt. Zwischen seinen Fingern rollten dicke Tränen herunter.

„Gestern abend“, begann er. Aber dann unterbrach er sich und horchte in verzweifelter Spannung auf die Aussage des Skandinaviers, der vor einem Augenblick seinen Eid abgelegt hatte und jetzt langsam auszusagen begann.

„Ich liege in meiner Hütte“, erzählte der Mann. „Ich schlafe und träume was, und auf einmal wache ich auf und weiß nicht, wovon, und dann bin ich gleich ganz wach. Das ist so bei mir, ich schlafe ganz fest, aber dann bin ich mit einemmal bei allem dabei, sozusagen mit einem Sprung. Da ist doch was los, sage ich mir, und raus aus der Koje und an die Tür. Und richtig, da höre ich doch einen Schuß.“

Ein Mann mit rotem Gesicht unterbrach ihn.

„Wer glauben Sie, hat da geschossen?“

„Was wollen Sie wissen?“ fragte der Zeuge verständnislos. „Wer da geschossen hat, wollen Sie wissen?“

Der Richter nahm das Wort: „Was war Ihr erster Gedanke, als Sie in die Tür traten?“

„Ja, das war so mit meinem ersten Gedanken“, seufzte der Mann. „Ich hab' doch nämlich keine Mokassins. Und wie ich so in Strümpfen hinaustrete, gerade aus der warmen Koje hinaus in die kalte Luft, da war mein erster Gedanke natürlich: Pfui Teufel, das ist ja eine Hundekälte!“

Dann wurde sein gespanntes Gesicht plötzlich sehr zufrieden, die reinste Sonne lag über seinem Mund, als er fortfuhr: „Na, jetzt hab' ich aber wieder Mokassins, und nun ist das ja alles nicht mehr so schlimm.“

Ein großes Gelächter beendete seine Erklärung, aber er ließ sich nicht stören, sondern fuhr gelassen in seiner Aussage fort.

„Dann höre ich noch einen Schuß, und da bin ich ja dann gelaufen, immer den Weg hinunter, da, wo der Schuß hergekommen ist.“

In diesem Augenblick drängte Corliss sich durch die Menge bis zu Frona durch, und sie hörte nicht, was der Schwede weiter aussagte.

„Was gibt es?“ fragte Corliss hastig. „Kann ich Ihnen helfen? Ich bin nur dazu auf der Welt, um Ihnen zu helfen, wenn Sie in Not sind!“

Sie ergriff seine Hand und drückte sie dankbar.

„Sofort, Corliss! Sofort, machen Sie sich auf den Weg, irgendwie müssen Sie über den Kanal kommen und zu meinem Vater! Versäumen Sie keine Minute! Bringen Sie ihn her! Sagen Sie ihm, man hat Gregory St. Vincent angeklagt, wegen ...“

Plötzlich fiel ihr ein, daß sie noch immer nicht wußte, um was es ging.

„Weswegen bist du hier, Gregory? Weswegen bist du angeklagt?“

Ganz langsam kam zwischen seinen todblassen Lippen das entsetzliche Wort heraus, so langsam, als bedeutete es schon Verurteilung, wenn er es aussprach: „Mord.“

„Mord? ...“ fragte Corliss.

„Sagen Sie meinem Vater, daß er wegen Mordes angeklagt ist. Aber es muß alles ein Irrtum sein, und ich bin hier und ich verteidige ihn. Aber ich weiß ja nicht, was es hier für Gesetze gibt, bei so einem Goldgräber-Gerichtshof, und ich bin ja auch so schwach gegen all diese Männer. Sie wollen gerecht sein, das weiß ich, aber mein Vater muß dabei sein, seine Klugheit, seine Ruhe, damit wirklich Recht gesprochen wird. Und sagen Sie ihm“, dabei fiel ihr Blick wieder auf die zerfetzte Hose, in der sie vor diesem hohen Gerichtshof erschienen war, „er soll mir etwas zum Anziehen mitbringen. Und seien Sie nicht zu tapfer, wenn Sie über den Kanal setzen! Es ist furchtbar wichtig, Vance, aber Sie müssen Ihr Leben schonen, Sie dürfen nicht leichtsinnig sein. Aber versuchen müssen Sie es. Es wäre schrecklich, wenn mein Vater nicht käme."

„Verlassen Sie sich auf mich."

Corliss warf zuversichtlich den Kopf zurück und drängte sich durch die Menge.

„Wer ist dein Verteidiger?" fragte Frona.

Er schüttelte den Kopf.

„Du hast keinen?"

„Sie wollten mir einen geben. Einen früheren Rechtsanwalt aus den Staaten, Bill Brown heißt er, aber den habe ich abgelehnt. Ich weiß zuviel von ihm. Und vielleicht weiß er auch viel von mir, was ihn nichts angeht. Jetzt macht er den Staatsanwalt. Ich hätte ihn doch nicht ablehnen sollen. Es ist ein Lynchgericht, weißt du, und sie sind alle parteiisch. Auf mich haben sie es abgesehen, ich bin verloren."

„Wenn ich nur Zeit hätte, wenn du mir nur einmal alles erzählen könntest."

„Frona, ich bin doch unschuldig, ich habe doch nichts getan, ich hab' doch kein Blut vergossen."

„Nimm dich zusammen! Ich beschwöre dich! Nimm dich zusammen!"

Sie legte die Hand wieder auf seinen Arm und preßte die Hand in seine Finger.

„Gregory, du hast verloren bei all diesen Männern, wenn du kein Mann bist. Du weißt ja gar nicht, wie sie das hassen, wenn ein Mann in der Gefahr weint. Sie glauben ja alle, das sei schlechtes Gewissen. Oder sie glauben noch viel Schlimmeres – um Gottes willen, Vincent, wein' doch nicht, sie glauben ja dann, daß du ein Feigling bist. Diese Leute wissen ja nichts von Nerven! Sie wissen ja nicht, daß du nur weinst, weil du empfindlichere Nerven hast als sie."

Inzwischen war der Zeuge in seiner Aussage schon sehr weit gekommen.

„Der fremde Doktor schlägt also mit Händen und Füßen um sich", erzählte er. „Aber nun gehen wir ran, ich und der Pierre, und packen ihn und ziehen ihn in die Hütte herein. Er schreit und schreit, wie ein angestochenes Schwein, und steht da und schreit."

„Wer hat geschrien?“ unterbrach ihn der Mann, der als Ankläger fungierte.

„Na, er natürlich! Der da.“ Der Zeuge wies auf St. Vincent. „Und nu heißt's also Licht machen. Das war jetzt zum Beispiel gar nicht so einfach, denn erstens war die Lampe umgeworfen, und dann weiß ich ja auch gar nicht so Bescheid in dem Haus. Jetzt zeigt sich's aber, wie gut das ist, wenn ein Mann immer eine Kerze in der Tasche hat. Und Streichhölzer natürlich auch. Tja, das kann manchmal sehr nützlich sein ... Und dann hab ich Licht gemacht. Da liegt also mein Borg auf dem Fußboden, so tot, wie ein Mann nur sein kann, in seinem Alter und bei seiner Gesundheit. Und die Squaw, nämlich was dem Borg seine Frau war, die sagt, daß er es getan hat, und dann legt sie sich hin und stirbt auch.“

„Daß er es getan hat, hat sie gesagt? Wer?! Wen hat sie genannt?“

„Na, er natürlich. Er, der fremde Doktor da.“ Dabei wies er mit dem dicken, schmutzigen Finger auf St. Vincents Gesicht. „Wer soll's denn auch sonst gewesen sein?“

„Hat sie das wirklich gesagt?“ flüsterte Frona ihrem Geliebten zu.

„Ja“, keuchte er zurück. „Gesagt hat sie das. Sie muß verrückt gewesen sein. Der Wahnsinn über all das, was da geschehen war. Ich verstehe es nicht, ich werde es nie verstehen ...“

Der zweite Zeuge, ein kleiner Mann mit rotem Gesicht, der schon vorher in die Verhandlung eingegriffen hatte, unterwarf den ersten Zeugen einem eingehenden Kreuzverhör. Es kam aber kein Widerspruch zutage, so sehr Frona auf jedes Wort lauerte.

„Wenn Sie jetzt Fragen an den Zeugen stellen wollen, bitte ...“, sagte der Vorsitzende zu Gregory. Gregory schüttelte völlig entmutigt den Kopf.

„Frag doch! Wehr dich!“ drängte Frona.

„Wozu? Ich bin im voraus für schuldig erkannt. Mein Urteil war schon gefällt, als all das angefangen hat.“

„Einen Augenblick, bitte!“ rief Frona mit heller fester Stimme. „Erlauben Sie, Herr Vorsitzender, erlaubt die Versammlung unserer ehrenwerten Kameraden, daß ich diesen Mann hier verteidige? Ich bin ein Mädchen, aber er hat keinen anderen Freund hier, und es gibt, glaube ich, kein Gesetz, das es verbietet.“

Es trat eine plötzliche Stille ein. Der Vorsitzende wartete auf irgendein Wort des Widerspruchs, aber da alles mit angehaltenem Atem dasaß und auf das tapfere Mädchen im Goldgräberanzug blickte, faßte er seinen Beschluß.

„Bitte, übernehmen Sie die Verteidigung, Fräulein Welse. Die Versammlung sowohl wie ich begrüßen es, daß der Angeklagte nicht mehr ohne Verteidiger ist."

„Dann bleiben Sie noch einen Augenblick, Herr Zeuge! Wissen Sie nichts außer den letzten Worten der Indianerfrau, das zur Überführung des Mörders dienen könnte?"

Der Schwede stierte vor sich hin, als hoffte er, ihre Frage würde langsam in sein Begriffsvermögen eindringen. Er hatte sich seine ganze Aussage wohl zurechtgelegt, Schritt für Schritt und Punkt für Punkt. Aber auf Zwischenfragen, die eigenes Denken erforderten, war er nicht eingerichtet.

„Sie haben nicht mit eigenen Augen gesehen, wer es tat?" fragte sie wieder.

„Aber natürlich. Der fremde Doktor da." Wieder hob er den anklagenden Finger. „Wenn sie doch gesagt hat, daß er es getan hat."

Bei dieser Erklärung glitt ein Lächeln über alle Gesichter, und Frona spürte, daß sie jetzt schon Boden gewann. Immerhin war der anklagende Zeuge als ein ziemlich dummes und deshalb wenig brauchbares Instrument der Gerechtigkeit entlarvt.

„Gesehen haben Sie also nichts?"

„Schießen hab' ich gehört."

„Aber nicht gesehen, wer schoß?"

„Wenn ich Ihnen darauf jetzt antworten sollte, Fräulein, dann wüßte ich eigentlich nicht, was ich antworten soll. Wenn die Squaw doch nun mal gesagt hat, was sie gesagt hat, dann ist doch für jeden vernünftigen Menschen die Sache klar?!"

„Ich danke Ihnen, das genügt", sagte Frona freundlich, und der Mann zog sich zurück.

Der Vorsitzende sah in seine Aufzeichnungen: „Pierre La Flitche!" rief er.

Ein dunkelhäutiger Mann, schlank und geschmeidig, trat mit sicheren Schritten auf das Podium neben dem Tisch, das als Zeugenbank diente. Es war ein schöner Bursche, dessen schneller, beredter Blick furchtlos von einem Gesicht zum anderen wanderte. Einen Augenblick sah er in freimütiger Bewunderung Frona an. Er lächelte, und sie nickte leise, denn er gefiel ihr, und es kam ihr vor, als sei er ein alter Freund. Auf die ersten Fragen des Vorsitzenden erklärte Pierre La Flitche, er sei nach seinem Vater genannt, der von den alten Waldläufern aus Frankreich stammte. Seine Mutter sei eine Mestize, von einem weißen Vater und einer eingeborenen Mutter. Wo er geboren sei, wisse man nicht, irgendwo bei einer Jagd. Hier in Alaska sei er seit vielen Jahren, seit er denken könne.

„Erzählen Sie so kurz wie möglich, was Sie von der Mordsache wissen."

Er bedachte sich einen Augenblick ... der Anfang war schwer zu finden.

„Im Frühling schläft sich's gut bei offener Tür", sagte er. Seine Stimme war klar, es lag darin etwas von dem Vogellaut der indianischen Sprache, die ein Teil seiner Vorfahren gesprochen hatte. „So habe ich auch gestern bei offener Tür geschlafen. Ich bin mein Leben lang auf der Jagd gewesen, ich schlafe nicht sehr fest. Ich höre, wenn ein Blatt zu Boden fällt, ich höre, wenn ein Wind sich erhebt. Ich schlafe, aber meine Ohren flüstern mir zu, was draußen geschieht. Die ganze Nacht über flüstern meine Ohren. Da brauchte nur der erste Schuß zu fallen, und schon bin ich draußen vor der Tür."

St. Vincent flüsterte Frona zu. „Es war nicht der erste Schuß."

Sie nickte, ohne den Blick von La Flitche abzuwenden, der seine Aussage höflich unterbrochen hatte.

„Ein Schuß, dann still ... dann noch zwei Schüsse schnell nacheinander", fuhr er fort. „So: bum ... bum bum. „Borgs Hütte", sage ich mir und laufe den Weg hinab. Borg macht Bella tot, habe ich gedacht und war sehr traurig. Bella ist ein schönes Mädchen gewesen", vertraute er den Zuhörern mit traurigem Lächeln an, „ich habe Bella gern gehabt. Vielleicht kann ich helfen, habe ich zu mir gesagt, und bin so rasch gelaufen, wie man kann. Da kommt auch John aus seiner Hütte heraus, ein bißchen besoffen, meine Herren Richter, und mit viel Lärm. „Was gibt es?" sagt er, und ich sage: „Das werden wir gleich sehen." Und da kommt etwas – hurr – aus dem Dunkel heraus, so „Hurr" – – und wirft John um und wirft mich beinahe auch um. Ich greife danach, und John, der auf dem Boden liegt, greift nach seinen Beinen, und dieser Mann da war es. Er ruft „Oh! Oh! Ooh!", genau so. Er ist nur halb angezogen – wir halten ihn fest, und dann kommt John auf die Beine, und dann sage ich „komm mit zurück"."

„War es wirklich dieser Mann da auf der Anklagebank?“

La Flitche sah sich noch einmal Gregory St. Vincent an, als gäbe es auch für ihn noch den geringsten Zweifel: „Dieser Mann war es!“

„Er will nicht mit uns zurückgehen. Aber John und ich sagen „du gehst …“, und er geht.“

„Sagte er etwas?“

„Ich fragte ihn, was geschehen ist – ich habe ihm viele Fragen gesagt. Aber er ruft nur immer „Oh! Oh! Oh! Oh! Oh!“ und weint.“

„Ist Ihnen noch etwas aufgefallen?“

„Ah, ja, Blut an seinen Händen.“

Durch die Reihen lief ein erregtes Murmeln, aber der Zeuge fuhr fort zu erzählen. Seine Mienen und seine Gesten begleiteten die ganze Erzählung mit der Ausdruckskraft des Naturmenschen.

„John macht Licht mit der Kerze, die er in seiner Tasche hat, und da liegt Bella auf dem Boden! Bella stöhnt wie eine Robbe, wenn sie einen Schuß durch den Leib hat. Und in der Ecke liegt Borg. Ich sehe ihn an … er atmet gar nicht. Da schlägt Bella die Augen auf, und ich sehe hinein, und da weiß ich, daß sie mich erkennt. Sie hat gleich gewußt, daß ich der Pierre bin. „Wer hat es getan, Bella?“ frage ich. Da dreht sie den Kopf herum und flüstert, ach, so leise, so langsam: „Ihn tot?“ Ich weiß, daß sie Borg meint, und ich sage: „Ja.“ Da stützt sie sich auf einen Ellbogen und sieht sich um. Wie sie den Mann da sieht, sucht sie nicht mehr weiter und rührt sich nicht mehr. Nur immer angesehen hat sie ihn, immer nur ihn. Und dann hat sie noch einmal die Hand hochgehoben und hat auf ihn gezeigt und hat gesagt: „Ihn!““

La Flitche ahmte jede Bewegung der sterbenden Bella nach. Als sein Finger jetzt auf den Angeklagten wies, zitterte er, wie die Hand der Sterbenden gezittert hatte: „Sie sagt nur: „Ihn! Ihn! Ihn!“, und ich frage wieder: „Bella, wer hat es getan?“, und sie sagt wieder: „Ihn! Ihn! Ihn!! St. Vincent ihn tun es getan.“ Und dann …“

La Flitche ließ seinen Kopf kraftlos auf die Brust sinken und ahmte das Verröcheln Bellas nach, bis zum letzten matten Hauch. Dann richtete er sich plötzlich wieder auf, stand in seiner natürlichen, aufrechten Haltung da, und seine weißen Zähne blitzten, als er schloß: „Bella tot.“

Der Ankläger stellte die üblichen Fragen, die natürlich nur dazu dienen sollten, die Aussagen des Belastungszeugen zu erhärten.

„Was wissen Sie von dem Kampf, der vorausgegangen ist? Der schwere Tisch war doch zerschmettert, der Ofen umgeworfen?"

„Es sah schrecklich aus", bekräftigte La Flitche. "Nie in meinem Leben hab' ich so etwas gesehen."

Brown überließ mit einer Verbeugung Frona das Verhör, und sie dankte ihm mit ihrem liebenswürdigsten Lächeln. Es schien ihr gut, mit dem Gegner auf möglichst freundschaftlichem Fuß zu stehen, und sie wußte genau, was das Lächeln einer jungen Frau in dieser Versammlung bedeutete. Im Grunde wollte sie die Verhandlung nur hinziehen, bis ihr Vater kam. Ihr galt es bei jeder Frage nur, Zeit zu gewinnen, Zeit, Zeit, Zeit! Endlich mußte eine Vertagung eintreten, und dann konnte sie Gregory unter vier Augen sprechen. Er war so verängstigt, so bis in die letzten Nerven zerstört, daß es jetzt unmöglich war, Einzelheiten aus ihm herauszuholen. So stellte sie an La Flitche eine unendliche Reihe von Fragen, aber nur bei zwei Antworten kam ein neues Moment an den Tag.

„Sie sprachen von einem ersten Schuß, Herr La Flitche. Aber die Wände einer Blockhütte sind sehr dick. Glauben Sie, Sie hätten bei geschlossener Tür einen Schuß gehört?"

Er schüttelte den Kopf. Seine dunklen Augen verrieten ihr, daß er schon wußte, wo sie ihn festzunageln trachtete.

„Also, Herr Zeuge, wenn Sie vom ersten Schuß sprechen, so meinen Sie nicht den ersten Schuß, der gefallen ist, sondern den ersten, den Sie gehört haben?"

Wieder nickte er. Sie hatte schon den Eindruck seiner Zuverlässigkeit um eine Spur geschwächt, aber sie wußte selbst noch nicht recht, wohin das führen sollte.

„Sie sagen, daß es sehr dunkel war?"

„Ah, ja, ganz dunkel!"

„Wie konnten Sie sofort wissen, daß es John war, den Sie zuerst trafen?"

„John macht viel Lärm, wenn er läuft. Ich kenne seinen Lärm genau."

„Aber Ihre Augen haben Ihnen nicht gesagt, ob es John war oder ein anderer Mann, der beim Laufen Lärm macht."

„O nein!"

„Dann frage ich Sie eins, Herr Zeuge, und ich bitte Sie, sich die Antwort sehr genau zu überlegen! Wie konnten Sie wissen, daß an den Händen von Herrn St. Vincent Blut war?“

Er zeigte mit einem Lächeln seine blendenden Zähne und dachte keine Sekunde über die Antwort nach.

„Wie? Ich fühle etwas Warmes an seinen Händen. Was kann das sein? Meine Nase sagt mir alles. Den Rauch vom Jagdlager weit fort ... Das Loch, wo ein Kaninchen sich versteckt ... Die Fährte, die ein Elch gezogen hat.“

Er warf den Kopf zurück, mit einem gespannten Ausdruck, mit geschlossenen Augen und zitternden Nüstern zeigte er, wie alle anderen Sinne eines Jägers ruhen, der sich ganz auf die Wahrnehmungen seiner Nase verläßt. Dann öffnete er die Augen wieder und betrachtete Frona fast traurig.

„Ich rieche Blut an seinen Händen, warmes Blut, ich rieche das heiße Blut an seinen Händen.“

„Dafür kennen wir ihn! Die beste Nase von Klondike!“ rief ein Mann aus der Versammlung.

Frona warf unwillkürlich einen Blick auf St. Vincents Hände und bemerkte mit Entsetzen rostbraune Flecken auf den Manschetten seines Flanellhemdes.

Als der Zeuge abgetreten war, tat der Ankläger Bill Brown ein paar Schritte auf Frona zu und reichte ihr die Hand.

„Ich freue mich, einen so sympathischen Verteidiger begrüßen zu dürfen.“

Sie zeigte ihm ihr liebenswürdigstes Lächeln, aber dann fragte sie rasch:

„Ist das vornehm, wie man uns behandelt? Sagen Sie selbst, als Gegner, muß man uns nicht Zeit lassen, die Verteidigung vorzubereiten? Ich weiß doch nichts von der Sache, als was Ihre beiden Zeugen vorgebracht haben. Als gerechter und vornehmer Gegner, Herr Brown, finden Sie nicht, man müßte die Verhandlung bis morgen aussetzen? Wollen Sie Ihr Plädoyer gegen einen Mann führen, der keine Gelegenheit hatte, sich so zu verteidigen, wie es jedes Gesetz verlangt?“

Er sah auf die Uhr und sagte nachdenklich: „Das ist keine schlechte Idee. Außerdem ist es schon fünf Uhr, wir müssen alle an unser Nachtessen denken.“

Wie sie ihm dankte! So kann, ohne ein Wort zu sprechen, nur eine Frau danken. Er sah ihr in die Augen und fühlte sich mehr belohnt als durch viele

Worte. Dann trat er auf seinen Platz zurück und wandte sich an die Versammlung:

„Nach Beratung zwischen Ankläger und Verteidiger, in Anbetracht der vorgerückten Zeit, angesichts der Tatsache, daß die Verhandlung heute zu keinem gerechten Abschluß mehr gebracht werden kann, beantrage ich die Vertagung auf morgen vormittag."

„Dem Antrag wird stattgegeben", erklärte der Vorsitzende, als kein Protest sich erhob. Dann stieg er von seinem Richterstuhl herab und machte sich eilig daran, das Feuer zu schüren und Kessel zuzusetzen. Er war ein Bewohner dieser Hütte und hatte an diesem Tag Küchendienst.

Ich kann dir nichts erklären, Frona", sagte Vincent, als sie jetzt unter vier Augen waren. „Ich fühle, daß mein Verstand stillsteht. Du mußt mir einfach glauben, daß ich unschuldig bin. Schwöre mir, Frona, daß du mir glaubst!" In ihrem Gesicht flammte das Blut auf.

„Du bist ein Mann und mußt dich wehren! Was nützt es dir, wenn ich an deine Unschuld glaube? Du mußt mir Waffen geben, um dich zu verteidigen! Vor allem mußt du dich selbst verteidigen! Nicht einen Schritt darfst du freigeben ohne Kampf!"

„Mit mir ist es aus, Frona!"

„Nichts ist aus, solange man kämpft! Erzähle mir alles."

„Sie hat gelogen, Frona. Diese Unglückliche, diese Bella, sie hat gelogen! Vielleicht ist sie wahnsinnig gewesen. Aber wie konnte sie mich beschuldigen! Ich habe doch für sie und Borg gekämpft – und wie ich gekämpft hab'! Nein, sie war wahnsinnig."

„Fang beim Anfang an, Vincent! Ruf dir alles ins Gedächtnis zurück. Jeden Schritt muß ich wissen. Da ... ich hol' dir Wasser ... dreh dir eine Zigarette, komm, Lieber, das wird dir guttun. Daß deine Lippen nicht mehr so beben! Jetzt brauchst du alle Kraft. Nimm dich zusammen."

Er setzte sich zurück und rauchte. Fronas machtvollem Zuspruch war es wirklich gelungen, seine Gedanken wieder in klarere Bahnen zu bringen.

„Es muß gegen ein Uhr nachts gewesen sein. Ich schlief. Auf einmal bin ich aufgewacht. Jemand hat die Lampe angezündet. Ich dachte, daß es Borg wäre.

Das geht mich nichts an, dachte ich, und wollte wieder einschlafen. Auf einmal waren zwei fremde Männer in der Hütte. Beide trugen Masken. Sie hatten die Ohrenklappen heruntergezogen. Ich konnte nichts sehen als ihre Augen. Da ist eine Gefahr, dachte ich. Das war alles, was ich im ersten Augenblick dachte. Eine Sekunde lang blieb ich ganz still liegen und überlegte. Borg hatte sich meine Pistole geliehen, ich hatte keine Waffe. Mein Gewehr stand an der Tür. Ich muß zu meinem Gewehr, das war mir klar. Ganz leise setze ich den Fuß auf den Boden, aber da dreht der eine Mann sich zu mir um und knallt seinen Revolver ab. Das war der erste Schuß, weißt du, der, den La Flitche nicht gehört hat. Dann ging der Kampf los, dabei wurde die Tür aufgerissen, und so kam es, daß er die drei letzten Schüsse gehört hat. Der Mann stand mir ganz nah; ich bin so plötzlich aus der Koje herausgesprungen, so unerwartet, daß sein Schuß fehlging. Dann haben wir uns gepackt, dann wälzten wir uns auf der Erde. Plötzlich war Borg dabei, aber der andere Mann griff ihn und Bella an. Dieser andere Mann, der war es, der sie beide ermordet hat. Mein Gegner hatte mit mir genug zu tun, und ich ... ich ... Himmel, war das ein Kampf! Du hast gehört, was der eine Zeuge gesagt hat, wie die Hütte zerstört war. Wir haben uns gewälzt und miteinander getobt, bis der Tisch und die Stühle und alles zerschlagen war. Ach, Frona, es war schrecklich. Dieser Borg hat sein Leben auch nicht billig verkauft, und Bella hat ihm tapfer geholfen. Sie war gleich verwundet und hat laut gestöhnt. Aber ich konnte ihnen nicht beistehen. Der Kerl, mit dem ich zu tun hatte, war nicht so leicht unterzukriegen. Aber endlich war ich doch der Stärkere. Ich hatte ihn auf den Rücken gekriegt, mit meinen Knien lag ich fest auf seinen Armen und hatte die Hand an seiner Kehle, fest, fest genug! Aber da war der andere Mann mit seiner Arbeit fertig geworden, und jetzt fiel er auch über mich her. Was soll ich tun? Einer gegen zwei! Und ich war doch ganz am Ende, keinen Wind mehr in der Lunge, ganz am Ende ... Sie schmetterten mich in eine Ecke, daß mir der Schädel dröhnte, und dann sind sie entkommen. Ein paar Minuten habe ich gebraucht, bis ich wieder zu mir kam. Ich war so von Sinnen, daß ich ihnen dann nachgerannt bin, ohne Waffe, wie ein Selbstmörder. Daß ich selbst in Verdacht kommen könnte, daran habe ich ja gar nicht gedacht. Aber ich wollte diese Verbrecher nicht entfliehen lassen. Sie sollten ihre Strafe finden. Dabei bin ich auf La Flitche und John gestoßen, und dann ... dann weißt du ja alles. Nur das!“ stieß er heraus, halb brüllend, halb schluchzend, und dabei schlug er sich mit der Faust vor die Stirn – „nur das begreife ich nicht, und das werde ich nie begreifen: warum Bella mich angeklagt hat! Mich! Mich!!“

Er sah sie flehend an, sie rang die Hände. Es war ihr, als tastete sie mit verbundenen Augen durch eine Wildnis.

„Denk nach, Gregory! Denk nach! Es muß dir noch etwas einfallen. Das sind ja alles keine Beweise. Ich glaube dir's, aber sie glauben dir nicht ..."

„Frona, ich bin doch unschuldig! Ich bin kein Heiliger gewesen, mein Leben lang. Oft bin ich kein guter Mensch gewesen, das weiß ich. Ein Sünder! Ein Sünder! ... Aber schau dir diese Hände an: glaubst du, daß diese Hände mit Blut befleckt sind? Frona, du kannst doch nicht denken, daß ich ein Mörder bin."

„Das Blut auf deinem Ärmel spricht gegen dich."

„Bedenk doch, die ganze Hütte hat von Blut gedampft! Ich sage dir, von Blut gedampft! Ich habe um mein Leben gekämpft. Wir haben uns durch die ganze Hütte durchgewälzt, aus einer Ecke in die andere, aus einer Blutlache in die andere! Wenn du mir auf mein heiliges Ehrenwort nicht glauben kannst ..."

„Gregory, wenn ich es wäre, die das Urteil über dich zu sprechen hätte, dann wärst du jetzt schon frei und rein von jedem Verdacht und könntest von dannen gehen. Aber diese Männer ... Du hast keine Zeugen. Die Worte einer sterbenden Frau sind ihnen tausendmal heiliger als die eines lebenden Mannes und noch dazu eines Fremden, eines Mannes, der nicht zu ihnen gehört. Du mußt doch einen Grund dafür finden, daß die unglückselige Frau mit einer Lüge auf den Lippen gestorben ist! Hat sie dich gehaßt? Hast du ihr oder ihrem Manne etwas zuleide getan?"

Der Mann sank mutlos in sich zusammen, mit eingefallener Brust und hängenden Schultern. Angstbebend klebt er wieder an seinem Stuhl.

„Dann bin ich verloren. Dann werden sie mir morgen den Strick um den Hals legen und mich aufhängen. Frona, ich bin verloren!"

„Sie werden dich nicht hängen! Ich werde es nicht erlauben!"

„Was kannst du tun? Was kannst du denn tun? Du kannst gar nichts tun! Sie haben das Gesetz an sich gerissen, mit Gewalt, sie haben die Macht."

„Gregory, das Eis auf dem Fluß ist aufgebrochen! Man kann wieder fort! Man kann fliehen! Diese Insel ist kein Gefängnis mehr! Und dann, der Gouverneur oder der Bezirksrichter ... sie können jeden Augenblick eintreffen, mit einer Abteilung Polizei! Sie werden einschreiten. Das ist ja alles kein richtiges Gericht. Das darf ja nicht sein. Aber auch wenn Sie nicht kommen ... Flucht! Flucht!"

„Es ist unmöglich. Es ist unmöglich! Wir sind zwei, und sie sind viele!“

„Aber mein Vater! Und der Baron Courbertin! Wir sind vier – vier tapfere Menschen, die zusammenhalten, die sind stärker als die ganze Welt, Vincent! Verlaß dich auf mich! Verlaß dich auf uns!“

Sie küßte ihn und weinte über sein Gesicht, ihre Tränen tropften in seinen offenen Mund. Sie flüsterte ihm all ihre Leidenschaft und ihre Liebe und ihre Kraft zu. Aber er war ein zerbrochener Mensch, und kein Strahl von Hoffnung regte sich in seinem Herzen.

„Verloren, Frona, verloren.“

Lange vor Eintritt der Dunkelheit kamen sie über den Kanal, alle, auf die Frona hoffte: ihr Vater, Corliss, der tapfere Baron und der tapfere Del. Sie war gerade in einer der kleinen Hütten, um sich zu erfrischen und ihre Kleider zu wechseln. Die ersten Minuten benutzte ihr Vater, um nach dem geretteten Indianer zu sehen. Der Mann hatte wichtige Nachrichten gebracht, so wichtig, daß Jacob Welses Gesicht düster und ganz verändert war, nachdem er die Depeschen zweimal nacheinander gelesen hatte. St. Vincent war in einer benachbarten Hütte eingesperrt, erhielt aber die Erlaubnis, seine Freunde zu sprechen. Jacob Welse verhandelte lange mit ihm. Beim Abschiednehmen sagte er:

„Es steht schlecht um Sie, Gregory. Die Verhandlung wird schlecht ausgehen. Aber hier! Meine Hand darauf, daß Sie nicht gehängt werden, selbst wenn das Urteil dahin ergeht! Ich weiß, so gut, als wenn ich bei all dem dabei gewesen wäre, daß Sie Borg nicht getötet haben.“

Das war ein langer Tag“, sagte Corliss zu Frona. „Soviel Gefahr, soviel Kampf, soviel Verzweiflung an einem Tag!“

„Das war ein herrlicher Tag!“ antwortete Frona. „Aber morgen ... Erst morgen werden wir unsere Kraft wirklich brauchen. Morgen früh beginnt der Schicksalstag.“

„Ich stehe zu euch“, versprach Corliss. „Ich wünsche diesem Burschen, der mir Ihr Herz gestohlen hat, nichts Gutes. Aber bis er von diesem Verdacht gereinigt ist, bis er frei ist, so lange will ich alles vergessen. Und ich bin auch stark genug, wirklich alles zu vergessen. Wenn ich nicht Angst vor großen Worten hätte, würde ich sagen: ich stehe zu euch bis zum Tod! Und darauf könnten Sie sich verlassen.“

„Wie Sie sind, Vance! Ich kann es Ihnen nie vergelten!“

„Vergelten? Liebe kann man nicht vergelten. Lieben heißt: dienen. So verstehe ich es.“

Bei diesen Worten schoß Frona alles durch den Kopf, was sie mit Vance erlebt, was sie von ihm erfahren, und jedes Wort, das sie von ihm gehört hatte.

„Wir müssen so echte, so gute Freunde sein und immer bleiben, Vance, daß nie wieder ein falscher Gedanke zwischen uns treten kann. Es gibt dumme Menschen, die nicht glauben wollen, daß es Freundschaft zwischen Mann und Frau gibt. Aber wie ich Sie liebe, wie ich Sie verehre, als Kameraden, als Mann, als Freund, davon wissen diese Menschen nichts!“

„Kameradschaft?“ fragte er. „Jetzt sind Sie grausam, Frona. Denn Sie wissen doch, – daß ich Sie – liebe?“

„Ja“, sagte sie leise.

Sie waren eigentlich zum Sterben müde, Frona und Corliss; sie hatten an einem Tag erlebt, was den Inhalt eines Jahres bilden konnte. Mit ihren Muskeln wie mit ihrem Hirn, mit ihren Armen wie mit ihrem Herzen hatte die junge Frona bis zur Verzweiflung gerungen und gekämpft, fast ohne Pause, mit wenig Schlaf, mit wenig Nahrung. Aber in tiefer Nacht rief sie noch die Vertrauten zusammen, entwarf ihren Kriegsplan für den nächsten Tag und wies jedem seine Rolle zu. Wenn der Gerichtshof ein gerechtes Urteil sprach, war alles gut. Fällte er einen Fehlspruch, dann galt Gewalt gegen Justizmord und Flucht gegen ungerechte Verfolgung.

„Es ist abenteuerlich, mein Kind, vielleicht ist es Wahnsinn“, urteilte Jacob Welse. „Aber für den Augenblick schaffen wir dem armen Burschen Luft. Ich glaube auch, daß es gelingen wird. Wir werden dafür sorgen, daß er dann vor ein wirkliches Gericht kommt, denn die Gerechtigkeit darf nicht betrogen werden. Die Leute hier im Wald sollen nicht glauben, daß sie außerhalb des Gesetzes stehen.“

„Eine 'errlicke Staatscoup“, frohlockte der Baron, „'errlick! 'errlick! 'Ände och! Ick werden rufen – Skreckerlick streng! Und fürkterlick.“

„Aber wenn sie die Hände nicht hoch heben –?“ fragte Jacob Welse.

„Dann schießen Sie, Courbertin!“ rief Frona, hundertprozentig entschlossen. „Man darf nicht bluffen, wenn man ein Leben zu retten hat.“

„Ick ssießen, Mademoiselle! Ick ssießen und treffen!“

„Und Sie stehen mit dem Boot bereit, Vance! Sie warten den ganzen Tag, wir werden Ihnen keine Botschaft geben können. Wenn Gregory angestürzt kommt, springt er zu Ihnen ins Boot, und dann fort mit ihm, nach Dawson!“

Dann sackte sie ab, sie fiel vom Stuhl und blieb, ohne Decken, ohne Kissen, steif auf dem Boden liegen. Die Müdigkeit hatte sie plötzlich überfallen wie ein feindlicher Riese, sie konnte sich nicht wehren.

Jacob Welse wurde von den Goldgräbern mit aller Hochachtung empfangen, an die er gewöhnt war, und als er das Wort ergriff, herrschte tiefes Schweigen im Saale.

„Meine Herren“, verkündete er. „Diese Versammlung ist wider das Gesetz, und was Sie beschließen wollen, kann niemals ein Richterspruch sein. Es hat Zeiten gegeben, in denen dies Land ohne Regierung war und ohne Gesetze, und damals hatten wir das Recht, ja sogar die Pflicht, Übeltäter aus unseren Reihen zu stoßen oder selbst Gericht über sie zu halten. Heute aber haben wir eine Regierung. Dieser Mann gehört vor die Richter, die das Gesetz ihm zuweist, und wenn Sie ihn verurteilen, wenn Sie ihn hinrichten, begehen Sie ein Verbrechen, das man als Mord bezeichnen wird. Ich – und mir werden Sie glauben, daß meine Worte kein leerer Klang sind –, ich selbst werde der erste sein, der jeden, der sich hier das Amt eines Richters anmaßt oder gar das Amt eines Scharfrichters anmaßen möchte, der Strafe zuführen wird, die er verdient. Der Angeschuldigte ist in Haft zu nehmen ... so weit reicht unsere Befugnis. Er ist in Haft zu halten, bis der Staat sich seiner bemächtigt. Ich habe gesprochen.“

„Ich beantrage Abstimmung über den Antrag des Herrn Jacob Welse“, sagte der Vorsitzende, ohne selbst Stellung zu nehmen.

„Das war kein Antrag, über den Sie abzustimmen haben!“ unterbrach Welse mit furchtbarem Ernst. „Sie haben die Verhandlung aufzuheben und dieses rechtsbrecherische Verfahren zu schließen!“

„Sie haben gesprochen, Herr Welse. Jetzt sprechen wir!“

Damit hatte der Vorsitzende seine eigene Stellung gekennzeichnet, und im Augenblick wurde die Frage entschieden. Alle Hände flogen empor, als er die Versammlung fragte, ob sie sich befugt glaube, ein Urteil zu fällen. Mit allen Stimmen war Welses Antrag abgelehnt.

„Du siehst, ich bin verloren", flüsterte St. Vincent Frona zu. „Für mich gibt es keine Hoffnung ..."

Aber Welse riß zum zweitenmal das Wort an sich und donnerte den Leuten zu, was er auf dem Herzen hatte: daß Lynchgericht mit dem Tode bestraft würde, daß ein ungeheurer Prozeß und maßlose Katastrophen über die Beteiligten hereinbrechen würden ... Schrecken über Schrecken, wie Klondike sie noch nicht erlebt hatte. Er fand einige Anhänger, aus der Verhandlung wurde ein Chaos wild diskutierender und drohender Menschen, und in diesem Tohuwabohu von Stimmen gelang es Frona, ihrem Schützling mitzuteilen, was sie sich am Abend zuvor zu seiner Rettung ausgedacht hatte.

„Sie werden alle „Hände hoch" machen, wenn sie auf einmal in drei Revolvermündungen sehen! In diesem Augenblick kannst du fliehen. Das Boot liegt bereit ... kümmere dich nicht um uns, nicht um meinen Vater, nicht um mich, Vincent! Sie werden die Hand nicht an uns legen! Und selbst wenn! In dieser Stunde bist du dir selbst der Nächste ..."

„Das ist Wahnsinn", hauchte er, grau das Gesicht und mit gesträubtem Haar.

„Aber es ist doch keine andere Rettung für dich!"

„Ich kann nicht, Frona."

„Kämpfen sollst du, für dein Leben kämpfen!"

„Laß mich, laß mich."

Die nächsten Zeugen, zwei Schweden, hatten aus geringer Entfernung jenen Auftritt beobachtet, als Borg einen Wutanfall bekam, weil St. Vincent und Bella zusammen gelacht hatten. Es war ein lächerlich kleines Begebnis, das sie ausführlich schilderten, aber es ließ doch Schlüsse auf die ganze Situation in Borgs Hütte zu. Dann folgte ein halbes Dutzend Zeugen, die im Auftrag des Richters den Schauplatz des Verbrechens und die ganze Insel untersucht hatten. Von den beiden geheimnisvollen Männern, die nach der Angabe Gregorys den Mord begangen haben sollten, hatten sie nicht die geringste Spur gefunden.

Nach ihnen betrat zu Fronas Entsetzen Del Bishop den Zeugenstand. Sie wußte, daß er Vincent haßte, aber sie begriff nicht, was er zur Sache aussagen konnte. Immer hatte sie ihn für einen groben, aber ehrlichen Burschen gehalten. Einen niedrigen Racheakt traute sie ihm nicht zu. Was würde er sagen? Als er den Eid abgelegt hatte, fragte ihn der Richter nach seiner Beschäftigung.

„Ich suche „Goldtaschen"!" rief er herausfordernd.

Goldtaschensuchen ist eine besondere Art der Goldgräberei, an die nur wenige glauben.

„Dann wirst du lang' herumwühlen müssen, mein Junge", höhnte ein Mann im Auditorium. „Wenn du nicht vorher verhungerst."

Del bekam einen roten Kopf: „Herr Vorsitzender", sagte er, „ich weiß auch, was die Würde des Gerichts ist. Aber das möchte ich ganz bescheiden zu verstehen geben, wenn die Verhandlung vorbei ist, dann kriegt jeder, der sich hier gegen mich was herausnimmt, einen Nasenstüber, daß er bis „Zehn" zu Boden geht und vielleicht noch 'n bißchen länger liegenbleibt."

„Sprechen Sie zur Sache!" befahl der Vorsitzende und schlug mit dem Hammer auf den Tisch. „Also Goldtaschensucher sind Sie?" Dabei lief über das Gesicht des sonst so sachlichen Mannes dasselbe breite Lachen, wie die meisten Gesichter im Saal es zeigten.

„Den ersten Nasenstüber, der auch aus Versehen in dem werten Brotladen sitzen könnte, Herr Vorsitzender, den verspreche ich Ihnen. Sie wollen nicht glauben, daß ich Goldtaschen finde? Na warten Sie! Fünf Minuten, nachdem der Jüngling da drüben baumelt, können Sie Ihre kostbaren Knochen sortieren, Herr Vorsitzender. Das nur nebenbei, damit Sie Bescheid wissen. Mein Name ist Bishop, wenigstens einstweilen."

„Das ist zuviel!"

Der Richter warf den Rock ab und krempelte die Ärmel hoch.

„Jetzt nur ran, du Lümmel!"

Bishop ging sofort in Positur, und Frona durfte einen Augenblick hoffen, daß das ganze Gerichtsverfahren sich in eine jener Massenkeilereien auflösen würde, bei der einmal zuschauen zu dürfen, sie sich schon lange wünschte.

Vielleicht war es gerade das, was der brave Bishop erreichen wollte, um aus dem ganzen Lynchgericht eine Farce, aus der Tragödie eine Komödie zu machen? Mit flammenden Augen schaute Frona auf die beiden Männer, die in prachtvoller Boxhaltung einander gegenüberstanden. Aber schrecklich! Da warf Bill Brown sich dazwischen.

„Muß ich Sie bitten, die Würde des Gerichts wahrzunehmen, Herr Vorsitzender? Es ist ein Skandal, es ist unglaublich! Nehmen Sie die Verhandlung auf! Wir sind hier nicht in der Bar! Außerdem scheinen Sie beide zu vergessen, daß in diesem Saal eine Dame sich aufhält!"

Im Augenblick war die Ruhe wiederhergestellt, und Bishop sagte aus, als wenn nichts geschehen wäre.

„Jetzt will ich Ihnen mal so einiges über den Herrn darbieten, den Doktor, so, was man ein Charakterbild nennt. Das ist nämlich ein sauberer Patron, Sie werden sich wundern!"

Zum erstenmal packte St. Vincent die Wut und überwältigte fast seine Verzweiflung.

„Halten Sie den Mund!" brüllte er zitternd. „Herr Vorsitzender, das ist ein Verrückter! Soll dieser Kerl, den ich einmal in meinem Leben gesehen habe, über meinen Charakter aussagen?"

„Ach so, du kennst mich nicht, mein Jung'?" fragte höhnisch der Goldtaschensucher. „Na, da werden wir mal deinem Gedächtnis so 'n büschen nachhelfen."

„Ich bin dem Mann einmal im Leben begegnet, nur für ein paar Augenblicke, und das war in Dawson", erklärte St. Vincent fest.

„Ist das so sicher, Herr Doktor Gregory St. Vincent? Denken Sie mal nach – stellen Sie sich mal vor, ich hätte hier so eine lange Klosettbürste ums Kinn herum und hieße nicht Bishop, sondern Joe Brown! Und dann denken Sie mal an das gesegnete Jahr 1884 zurück. Hatten Sie da nicht mal so 'n jungen Seemann namens Joe Brown, der von seinem Schiff desertiert war, in Lohn und Brot genommen? Tja, mein Jung', jetzt fällt dir ja wohl so manches ein?"

Das Wiedererkennen zeichnete sich auf Gregorys Gesicht so deutlich ab, daß ringsum ein höhnisches Lachen tönte. Man sah, daß in diesem Augenblick Gregorys ganzes Lebensgerüst in Stücke fiel. So wie er konnte nur ein ertappter Spitzbube aussehen.

„Ja, sehr gut sind wir ja wohl nicht miteinander gefahren, Sie und der arme Junge, den Sie da in Dienst hatten, und der heute Bishop heißt. Sie mit Ihren Weibern, immer hinter den Weibern her, und überall Krach und Stunk, und immer soll der gute Joe Brown Sie aus allem Salat wieder herausziehen! Tja, so war das ja wohl?“

„Ich protestiere!“ rief Frona. „Ob Herr Dr. St. Vincent Liebesgeschichten gehabt hat oder nicht, das hat mit dieser Sache gar nichts zu tun.“

Bill Brown erhob sich: „Herr Vorsitzender, Bishop ist unser Hauptzeuge, und seine Aussage ist wichtig. Da wir keine Tatzeugen haben, kommt alles auf Indizien an, und der Charakter des Angeklagten muß bis in die letzte Falte geprüft werden. Ich beabsichtige, zu beweisen, daß der Angeklagte ein Lügner und jedes Verbrechens fähig ist. Ich will Faden zu Faden flechten, bis wir einen Strick in der Hand haben, lang und stark genug, um ihn daran aufzuknüpfen. Ich bitte, den Zeugen fortfahren zu lassen.“

Und Del fuhr fort: „Einmal mußten wir da die Stromschnellen hinunter, meine Herren, das war gerade keine Heldentat, aber ein Vergnügen kann man das auch nicht nennen. St. Vincent versteht was vom Rudern, aber ich lern's in meinem Leben nicht, ich bin überhaupt nicht fürs Wasser geboren. Obwohl ich immer wieder mit dem Wasser zu tun hab', davon abgesehen ... das ist nun mal so Schicksalstücke. Läßt der Kerl mich nicht allein im Boot? Läßt mich die ganze gottverfluchte Höllenfahrt machen und geht selbst am Ufer spazieren, warm, gesund und trocken? Ja, und wie denn mein Boot glücklich kentert und die halbe Ausrüstung verlorengeht und mein ganzer Tabak und ich gerade noch mit knapper Not das nackte Leben rette, zwei Knochen kaputt und die Nase ein einziger Brei, schimpft er mich einen „Chechaquo“ und einen „Taugenichts“ und zieht mir zehn Dollar vom Lohn ab! Tja, so ist der feine Herr da drüben! Und jetzt kommen wir an die Geschichte mit den Schwarzfußindianern. Ja, da hat auch nicht viel gefehlt, und ich hätte für den gottverfluchten Lümmel mein süßes, junges Leben hergeben müssen.“

„Wie war das? Erzählen Sie das genauer!“ verlangte der Ankläger.

„Na, wegen so 'ner Squaw war das eben. Was soll's denn sonst sein? Da hab' ich ihn mit genauer Not aus der Bredouille herausgebracht und mich schließlich auch. Dann hat er mir versprochen, daß er sich bessern will. Aber vier Wochen später hat er schon wieder die Pfoten an den Indianerweibern, und ich hab' für ihn die Prügel bezogen. Wie ich ihm danach väterlich zusprechen will, ist er wieder frech geworden, und da ist mir dann nichts übrig geblieben, als mal so 'n büschen an den Fluß hinunterzugehen! Und dann hab' ich meinem Herrn Chef eine Portion Saures gegeben. Aber nicht zu knapp! Können Sie sich jetzt vielleicht erinnern, Herr Chef?! Solche Dresche haben Sie seitdem nur noch einmal bekommen wie damals in der idyllischen Mondscheinlandschaft am „Windigen Arm"! Mit den Weibern versteht er ja wohl umzugehen, das muß ich allerdings zugeben. Er pfeift nur so, und dann kommen sie angewackelt und machen Kusch, und dann kann er machen, was er will. Also, da war noch eine verdammt hübsche Squaw, fast so hübsch wie die Bella. Der pfiff er ja wohl auch, weil er nu mal die Schwäche hat ..."

„Es genügt, Herr Zeuge", unterbrach ihn der Vorsitzende. „Wir haben genug von den Squaws gehört."

„Diesmal bitte ich, den Zeugen nicht zu stören!" protestierte Frona und sah dabei ganz sorglos aus. „Jetzt scheint mir das Thema wichtig zu sein."

„Immer das Unterbrechen!" knurrte Bishop. „So 'n Vorsitzenden habe ich in meinem ganzen Leben noch nicht gesehen. Und Sie können mir schon glauben, daß ich in ein paar Weltteilen mit dem Gericht so die eine oder andere kleine Bekanntschaft gemacht hab'. Ich könnte schon lange fertig sein, aber immer fährt mir da irgend so ein Grünschnabel dazwischen. Ich bitte auch um Verzeihung, Herr Vorsitzender, natürlich will ich Ihrer Würde nicht zu nahe treten. Also da hatte mein Gregory ja wohl eine Wut auf mich, wegen der väterlichen Züchtigung, wenn ich so sagen darf. Und außerdem hat er vielleicht gedacht, eine hübsche Squaw im Boot ist besser als so 'n borstiger Jung' mit 'm Fußsack am Kinn. Auf einmal krieg' ich da von hinten eines mit dem Gewehrkolben über das Köpfchen, rein die Squaw ins Kanu, mich liegengelassen und los ... Wie das Yukonland damals war, das wißt ihr ja, Jungs! Stellt euch da mal einen vor, ohne Ausrüstung, mutterseelenallein, 1000 Meilen tief in der Wildnis. Ist das ein Wunder, daß ich nicht gut auf den werten Herrn zu sprechen bin? Gerettet habe ich mich ja, sonst könnte ich euch das alles nicht erzählen. Aber eine Vergnügungsreise war es nicht, und daß ich nicht verhungert und erfroren bin, das begreife ich selbst noch nicht ganz. Und nu hab' ich ja denn hier auch so 'n Buch in der Hand, das hat mir die Frau von Peter Whipple verkauft, und das ist ein sehr interessantes Buch, wenns auch auf russisch geschrieben ist, und wenn ich auch kein Russisch lesen kann. Aber wenn hier einer Russisch lesen könnte, dann wär' das schön. Denn da steht auch so einiges drin, was den feinen Herrn ins richtige Licht setzt."

„Courbertin! Der kann Russisch!“ tönte eine Stimme aus der Menge. Man machte dem Franzosen Platz. Trotz seinem Zögern wurde er in die vorderste Reihe geschoben.

„Sie können die Sprache?“

„Sehr sleckt! Ick 'abe vergessen!“

„Nur los! Wir kritisieren nicht.“

Del gab dem Baron das Buch und schlug das vergilbte Titelblatt auf.

„Großartig, daß wir Sie haben, Herr Baron. Nu man tau!“

Courbertin begann zögernd: „Dieses Buch, geschrieben von Pater Jakonsk, ist ein kurzer Bericht über sein Leben im Benediktinerkloster zu Obidorski und eine ausführliche Beschreibung seiner wunderbaren Abenteuer unter den Hirschmännern in Ostsibirien.“

„Sagen Sie uns, wann das hübsche kleine Buch gedruckt worden ist, Herr Baron?“ verlangte Del.

„Warschau, 1807.“

Der Goldtaschengräber triumphierte: „Aufpassen, Jungs! Nasen gespitzt! 1807!“

Der Baron las die Einleitung: „Es war alles Tamerlans Schuld“, begann er. Bei diesen Worten wurde Frona leichenblaß, sie kroch förmlich in sich zusammen. Einmal sandte sie ihrem Vater einen verstohlenen Blick zu, als bäte sie um Verzeihung. St. Vincent starrte sie an, sie fühlte es, aber sie gab ihm keinen Blick zurück. Alles, was er sah, war ein weißes, völlig ausdrucksloses Gesicht.

„Als Tamerlan mit Feuer und Schwert durch Ostasien zog“, ging die Vorlesung weiter, „wurden Staaten vernichtet, Städte zerstört und Stämme wie Staub in alle Winde zerstreut. Ein ungeheures Volk wurde zum Lande hinausgejagt ...“

„Überspringen Sie ein paar Seiten“, verlangte Bill Brown, „wir können nicht die ganze Nacht hier sitzenbleiben.“

„Die Bevölkerung der Küste bestand aus Eskimos, das sind heitere und gutartige Menschen“, buchstabierte Courbertin. Plötzlich wurde sein Vortrag flüssiger, unwillkürlich sprach er wie auswendig vor sich hin:

„... sie nennen sich selber Ukilions, das heißt Meeresleute. Ich kaufte ihnen Hunde und Proviant ab, wir kamen gut miteinander aus. Aber die Ukilions waren einem Binnenlandstamm untertan, den Tschautschuins, das heißt in unserer

Sprache „Hirschmenschen". Die Tschautschuins sind ein wildes, unbezwingbares Volk, grausam und boshaft, wie nur Mongolen werden können. Kaum hatte ich die Küste hinter mir, da überfielen sie mich ..."

Ein paar Seiten später erklärte Bill Brown: „Danke, das genügt. Wollen Sie uns noch einmal sagen, wann das Buch erschienen ist?"

„Warschau, 1807."

In der Versammlung war kaum ein Mann, der den ganzen Bericht von St. Vincents Sklavenzeit, seinem Aufstieg unter den Hirschmännern und seiner Flucht nicht schon oft gehört hatte oder mindestens vom Hörensagen kannte. Aus dem Flüstern und Kopfschütteln, mit dem der Anfang von Courbertins Vorlesungen aufgenommen worden war, wurde langsam heiteres Lachen, und zuletzt konnte man glauben, in einem Theater zu sein, auf dessen Bühne die lustigste Posse vorgeführt wurde. Die Männer schlugen sich auf die Schenkel, stießen einander in die Seiten, und zuletzt wurde ihr Lachen ein Gebrüll fassungsloser Heiterkeit.

„Willst du lieber nichts mehr mit der Geschichte zu tun haben?" fragte Welse leise seine Tochter. Ihr Gesicht hing voll von Tränen, aber sie schüttelte den Kopf.

„Ich muß ihn trotz allem verteidigen, Vater. Es ist meine Pflicht."

St. Vincent war erstaunlich tapfer, als er endlich das Wort bekam, um sich zu verteidigen. Vielleicht hatte er nach diesem ungeheuren Ausbruch von Lachen das Gefühl, ganz ernst sei die Verhandlung nicht mehr. Jedenfalls sprach er klar und männlich und faßte sich kurz. Sein Bericht widersprach in keinem Punkt dem, was La Flitche und John vorgebracht hatten. Auch die Geschichte mit dem Waschzuber stellte er genau so dar, wie die schwedischen Zeugen es getan hatten. Er gab zu, daß Bella mit seiner Waffe getötet worden war, und behauptete, er habe sie Borg schon einige Tage zuvor geliehen. Die Anklage Bellas sei unbegreiflich, ganz sicher war die arme Frau verwirrt. Sicher sei sie nicht mit einer bewußten Lüge auf den Lippen gestorben. Er wolle der Toten keinen Stein ins Grab nachwerfen. Über die Aussage Del Bishops wolle er sich gar nicht äußern. Das sei kindisches, boshaftes Geschwätz eines Burschen, den man als Großmaul und Raufbold kannte. Der Mann sei mit ihm nach Alaska gekommen, alles andere sei Erfindung, zu töricht, um vor ernsten Männern darauf zu antworten. Ein Zeuge, der den Vorsitzenden zum Boxen herausfordert und bedroht, sei kein Zeuge.

Jetzt erhob sich Bill Brown: „Sie wollen, Angeklagter, mit zwei geheimnisvollen Männern einen furchtbaren Kampf bestanden haben?"

„Jawohl."

„Wie kommt es dann, daß Sie ohne jede Wunde, ja selbst ohne eine Schramme aus diesem Kampf hervorgegangen sind, während der Körper des ermordeten John Borg eine ganze Reihe furchtbarer Wunden trägt? Dieselben Mordbuben, die John Borg so schrecklich zugerichtet haben, haben mit Ihnen gekämpft, ohne Sie auch nur zu verletzen?"

„Das weiß ich nicht, das kann ich auch nicht erklären. Jedenfalls beweist es nicht, daß ich John Borg oder seine Frau getötet habe."

Damit schloß das Verhör.

Dann griff Frona ein. Sie wußte, daß die beste Parade der Hieb ist, und packte den Stier am Horn:

„Ihre Fragen beweisen doch absolut, was der Angeklagte zu seiner Verteidigung sagt. John Borg war – dies mindestens hat die Verhandlung klar ergeben – ein eifersüchtiger Wüterich – immer im Angriff – bewaffnet – zehn Zentimeter größer, zwanzig Kilogramm schwerer als der Angeklagte! Wie denken Sie sich die Nacht, wenn Gregory der Mörder oder besser gesagt der Totschläger war? Ein Schuß von hinten, ein meuchlerischer Stoß mit dem Dolch gegen den Besitzer einer Sklavin, nach der ihm der Sinn stand, das wäre möglich. Aber – meine Herren – eine Reihe furchtbarer Verletzungen, von denen keine tödlich war ... wie soll er sie dem riesenstarken Borg zugefügt haben, ohne selbst verwundet zu werden? Und Bella? Bella sollte zugesehen haben, wie die beiden Männer miteinander kämpften, wie ihr Herr von dem Fremden zuschanden geschlagen wurde, ohne einzugreifen, ohne die Tür aufzureißen und gellend um Hilfe zu schreien? Die Tatsachen, Herr Klageanwalt, auf die Sie Ihre Anklage stützen, schlagen Ihnen ja selbst ins Gesicht! Nie hätte ich gedacht, daß ein Mann, ein Jurist, an strenges logisches Denken gewöhnt, so erstaunliche Schlüsse ziehen könnte! Natürlich müssen Dritte auf dem Kampfplatz gewesen sein, ob es ein Mann oder zwei Männer, wie der Angeklagte sagt, ob es vielleicht eine ganze Schar von Mordbuben war, darauf kommt es nicht an! Es kommt nur darauf an, daß die Schlacht sich nicht zwischen dem Mörder und seinem Opfer allein abgespielt haben kann. Mag St. Vincent gesündigt haben, mag er ein Lügner und Renommist sein, ein Weiberjäger ... der Mörder John Borgs und Bellas kann er nicht sein! Und das Blut an seinen Händen? Man hat so lächerlich viel Aufhebens von diesem Blut gemacht und dabei übersehen, daß La Flitches eigene Mokassins mit Blut befleckt sind! Haben wir daraus den Schluß gezogen, Herr La Flitche müsse in den Handel verwickelt sein? Haben wir behauptet, er sei der Mörder, weil seine Füße durch Blut gewatet sind? Diese Behauptung haben wir nicht erhoben, weil sie wahnsinnig wäre, weil trotz allen Blutspuren auf Herrn La Flitche auch nicht ein Schatten von Verdacht liegt."

„Sehr richtig!"

„Gut gesprochen!"

„Ich danke Ihnen, meine Herren! Und ebenso richtig, ebenso unleugbar ist es, daß auf Herrn Gregory kein Schatten von Verdacht liegt. Er hat das Unglück gehabt, in eine Angelegenheit voll geheimnisvoller Vorgänge verwickelt zu werden. Er hat das Unglück gehabt, in einer Hütte zu schlafen, in der Entsetzliches geschah, in der es von Blut dampfte und grauenhafte Wunden geschlagen wurden, an denen er aber kein Teil hatte. Das ist alles. Das Leben jedes Menschen ist heilig, hier in der Einöde von Alaska so gut wie in New York oder in Stockholm, meine Herren! Sie werden die eigenen Hände nicht mit dem Blut eines Menschen beschmutzen, gegen den kein Schuldbeweis zu erbringen ist. Sie werden Ihr Gewissen rein halten, meine Herren Geschworenen!"

Frona hatte unerhört plädiert, mit Wucht und Feuer, aber der Beifall, der sich nun erhob, war so rasend, daß sie selbst spürte: er galt der tapferen Frau, der hübschen Frau, nicht ihren Argumenten. Zornig wandte sie sich noch einmal an die Versammlung:

„Ich habe nicht um Ihren Beifall gebuhlt, meine Herren! Klatschen Sie nicht in die Hände, als ob ich eine Schauspielerin wäre, sondern gehen Sie in sich und bereuen Sie, daß Sie einem Menschen, der nichts verbrochen hat, die qualvollsten Stunden bereitet haben!"

Bill Brown gab seine Sache nicht verloren. Das Pathos, das manchmal aus seinen Worten gesprochen hatte, ließ er zunächst freilich fallen, sein Plädoyer begann mit spitzfindiger Bosheit und überlegenem Hohn. Aber später fiel er wieder in Emphase.

„Fremde Männer, die keine Spur zurückgelassen haben, von deren Kommen und Gehen niemand etwas gehört hat, sind in Borgs Hütte eingedrungen, Angeklagter? Ihr Gastwirt und seine Frau sind in Ihrer Gegenwart ermordet worden, in langem Kampf, wie die Verteidigung bewiesen hat, und an Ihrem Körper ist keine Schramme zu sehen? Von der armen Indianerin hat man erwartet, daß sie eingriff, daß sie mindestens die Tür aufriß und mit gellendem Geschrei Hilfe herbeiholte?

Aber Sie!

Ein Mann, der sich so vieler Heldentaten rühmt, Sie haben nicht gekämpft, Sie haben nicht einmal gewagt, um Hilfe zu rufen? Es mag vieles dunkel sein, was in dieser dunklen Hütte in der verhängnisvollen Nacht geschehen ist, aber Ihr Verhalten ist nicht dunkel! Ob Sie gemordet oder stillschweigend zugesehen haben, wie gemordet wurde, das geht uns wirklich nichts an! Auf jeden Fall liegt Ihre Schuld klar zutage, Sie haben mindestens das scheußlichste Verbrechen begangen, das man in diesem Lande kennt: das Verbrechen nichtswürdiger Feigheit! Und deshalb hat die sterbende Bella ihren letzten Atem verströmt, um Sie anzuklagen. „Mörder! Mörder!“ hat sie Ihnen zugerufen, und die zitternde Stimme dieser Frau soll jetzt in unserem Mund noch einmal tönen, mit solcher Wucht und mit solcher Kraft, daß sie Ihnen bis zur letzten Minute Ihres Lebens in den Ohren dröhnt: „Mörder! Dreimal feiger Mordbube!““

St. Vincent fiel in sich zusammen und lag in seinem Stuhl wie ein Haufen leerer Kleider.

„Ich ... bin unschuldig ... ich ... habe es nicht getan ...“

„Abstimmung, meine Herren!“ rief der Vorsitzende und rührte den Hammer. „Offene Abstimmung – wir sind Männer, von denen jeder seinen Spruch vertritt. Ich frage Sie: ist der Angeklagte Dr. Gregory St. Vincent, den Sie hier vor sich sehen, schuldig, den Mord an dem Goldgräber, unserem Kameraden John Borg durch eigene Handlung oder stillschweigendes Gewährenlassen verschuldet zu haben oder nicht? Wer ihn für schuldig hält, der hebe ...“

„Hände hoch!“ dröhnte in diesem Augenblick Jacob Welses Stimme aus einer Ecke des Saales, und von dem anderen Ende des Saales hörte man Baron Courbertins helles, scharfes Organ:

„Ände ock!! Oder ick ssiessen!“

Jeder der beiden Männer hielt zwei sechsläufige Revolver auf die Geschworenen gerichtet, 24 Feuerschlünde starrten den Männern entgegen, und es war keiner unter ihnen, der nicht wußte, daß mindestens Jacob Welse Ernst machen würde. Alle Hände flogen zugleich in die Höhe, nichts rührte sich. Der Vorsitzende hatte nicht einmal Zeit gefunden, den Hammer beiseitezulegen. Er hielt ihn in der hochgestreckten Hand. In diesem Saal wurde nicht mehr gesprochen, in diesem Saal galt nur noch die Gewalt. Aber es war die Gewalt, wie Jacob Welse sie verstand, im Dienste des Rechtes und des Friedens.

„Jetzt los! Am Südkanal liegt das Boot! Rasch!! Fort! Du bist gerettet!" keuchte Frona. „Hier ist Geld. Das nimm mit auf den Weg! Und fort! Fort! Laß dich nie wieder hier sehen!"

Sie drückte St. Vincent einen geladenen Revolver in die Hand. „Du bist frei! Worauf wartest du?! Fort! Fort!"

Er ächzte: „Das ist – Wahnsinn." Wie ein Gelähmter hing er auf seinem Stuhl. Sie preßte ihm die Waffe in die Hand, aber seine Finger gaben nach, mit schwerem Poltern fiel der Revolver vor ihm auf den Boden. Sie zog und zerrte an ihm, wie man einen Mann aus schwerem Schlaf erweckt, aber in sein leichenblasses Gesicht kam keine Bewegung; er rührte sich nicht. In dem ganzen Saal war kein Laut als das schwere Atmen der vielen Männer.

Plötzlich war La Flitche an den Stuhl des Angeklagten getreten und hatte seinen Fuß auf den Revolver gesetzt. Frona bückte sich hastig, sie stieß gegen den Mann und wollte sich des Revolvers wieder bemächtigen. La Flitche stand mit erhobenen Händen und sah scheinbar teilnahmlos Jacob Welse an. Aber sein Fuß regte sich nicht. Es entstand zwischen diesem eisenharten, unbeweglichen Männerbein und Fronas wütenden Händen eine Art stillen Ringens, und Jacob Welse, der nicht begriff, warum Gregory noch immer dort saß, verlor auf eine Sekunde die Aufmerksamkeit. Einen Blick wandte er von der Menge ab, die er schon minutenlang wie ein Tierbändiger im Zaum hielt, nur einen Atemzug lang war sein Revolver nicht mehr im Anschlag, und dieser Augenblick entschied alles.

Aus hochgehobener Hand sauste der Hammer des Vorsitzenden gegen Welses Schädel, mit sicherstem Schwung geworfen. Der alte Welse reckte sich, Frona stieß einen gellenden Schrei aus, Jacob Welse brach zusammen und lag jetzt zu Füßen der Masse, die er gezähmt hatte. Im Fall ging sein Revolver los, der Schwede John stieß ein Gebrüll aus: „Mein Bein! Mein Knie!", und in diesem

Augenblick versagten auch Courbertins Nerven. Im Handumdrehen war er übermannt. Es waren Del Bishops Tatzen, die ihn gepackt hatten, und aus denen gab es kein Entrinnen. La Flitche griff nach Frona, sein Griff war nicht hart, aber unwiderstehlich. Er nahm sie in seine Indianerarme wie ein Liebender, in diese geschmeidigen, sehnigen Arme, und damit war ihr letzter Mut gebrochen.

Der Vorsitzende donnerte mit der Faust auf den Tisch und beendete den unterbrochenen Satz: „Wer ihn für schuldig hält, der hebe die rechte Hand!“ Gleich darauf verkündete er: „Schuldig mit allen Stimmen!“

Am nächsten Morgen sollte das Urteil vollstreckt werden. In dieser Nacht war das letzte Eis getaut. Jetzt lag die Fläche des Yukon sonnenüberspült da, wie die ebene Fläche eines großen, friedlichen Sees, die kleinen Kanälchen zwischen den „Split-up-Island“ blinkten grün und plätscherten mit ihren Wellen gegen die von Blumen übersäten Gestade. Nahe dem Strand war ein Baum zum Galgen hergerichtet; an einem zwei Meter hohen Ast baumelte die Schlinge, und darunter stand ein leeres Faß. Mehr war nicht nötig, um einen Mann, der sich gegen die Landesgesetze der Kameradschaft vergangen hatte, vom Leben zum Tode zu befördern.

Ein Goldgräber, der vor langen Jahren als Indianermissionar ins Land gekommen war und nebenamtlich als Seelsorger diente, wenn eine Hochzeit oder eine Taufe zu vollziehen war, hatte die Nacht mit St. Vincent verbracht. Frona hatte nur die eine Hoffnung, Gregory würde tapferer sterben, als er gelebt hatte. Dann wollte sie verzeihen, daß er sie so tief enttäuscht hatte, wie ein Geliebter das Herz einer Liebenden nur enttäuschen kann. Dann, glaubte sie, würden die Male seiner Küsse nicht mehr wie Schandmale auf ihren Lippen brennen, und sie würde sich einst nicht schämen, wenn man sie nach der einen, großen, brennenden Liebe ihrer Jugend fragte.

Vincent enttäuschte sie auch diesmal.

Wie er die Nacht verbracht hatte, danach zu fragen, wagte sie nicht. Aber was da an der Richtstätte erschien, nicht am Arm des Missionars schreitend, sondern von vier handfesten Männern gezerrt und geschleppt, war nicht der Mann, dem sie vor wenigen Tagen noch durch Himmel und Hölle gefolgt wäre. Es war ein schlotterndes, knochenloses Etwas, wimmernd und willenlos.

Um den Galgen hatte sich in weitem Kreis die ganze Goldgräbergemeinschaft versammelt, alle vierzig Männer, die gestern als Geschworene amtiert hatten, der Richter, der Ankläger, Jacob Welse, dessen verbundenes Haupt tiefer als tags zuvor ergraut schien.

„Ehe wir dir die Schlinge um den Hals legen und dich an diesem Baume hängen lassen, bis das Leben aus dir gewichen ist, darfst du noch einmal zu uns sprechen, Gregory St. Vincent!" verkündete der Richter.

„Sag nichts! Bettle nicht um dein Leben!" flüsterte Frona dem Delinquenten zu. Er lag unter dem Galgen wie leblos, auf ihren Knien lag sie neben ihm. „Sei tapfer! Das Leben ist nichts, nur Mut gilt!"

Aber bei dem Gedanken, noch einmal sprechen, noch einen Versuch der Verteidigung machen zu dürfen, erkannte der im Innersten Zerbrochene plötzlich, daß das Leben immer noch lockte, daß er unter dieser lachenden Sonne und beim Zwitschern der Rotkehlchen, mitten in diesem Frühlingsgrün nicht sterben konnte. Durch alle Poren drang ihm die Ahnung, daß nichts vorbei war, solange man atmete, und wenn er je in seinem Leben tapfer gewesen, dann wurde er es in dieser Minute.

Er richtete sich auf. In sein schneeweißes Gesicht trat wieder eine Spur von Farbe. Jetzt kauerte er wie ein zu schwer beladenes Lasttier auf allen vieren, jetzt kam er auf die Knie und stützte sich mit beiden Armen auf das Faß, das sein Schafott werden sollte.

Anfangs tat er nur den Mund auf, mit verzerrten Lippen, aber kein Ton wollte sich in seiner Kehle bilden. Dann wurde aus dem unartikulierten Keuchen und Heulen eine menschliche Stimme, er formte Worte, und plötzlich stand er aufrecht, nur noch auf die Schultern des Missionars gestützt, und sprach: Worte, richtige Sätze ... So gewaltig war sein Wille zum Leben, daß er, die grausige Angst im Genick, dennoch imstande war, ein Bekenntnis zu formen und eine Rede zu halten.

„Ich will mich nicht schonen, ihr Männer!" sagte er. „Ich will alles bekennen, die ganze Wahrheit. Ich bin ein Feigling gewesen, ich habe gelogen, aber auf Feigheit und Lüge steht auch nach euren Gesetzen nicht der Tod. Es sind nicht zwei Männer in John Borgs Hütte gekommen in jener Nacht, es war nur ein Mann.

Borg hatte ihn immer erwartet.

Jede Nacht band er an seine Tür einen Blecheimer. Den nannte er die Mörderfalle. Wenn ein Fremder von außen in die Hütte eintreten wollte, mußte er den Alarm auslösen. Borg schlief immer mit dem Revolver im Gürtel. Aber in seiner letzten Nacht hatte er zuviel Whisky getrunken, denn in seiner steten Angst vor Verfolgern mußte er manchmal Betäubung suchen. Ich wachte auf von leisen Schritten, die um die Hütte schlichen, aber er schnarchte tief. Die Lampe war tief herabgeschraubt. Ich sah Bella an der Türe hantieren; sie hatte den Blecheimer geräuschlos heruntergeholt und beiseitegestellt. Ganz leise ging die Türe auf, und ein Mensch schlich herein. Er kam der Lampe nahe, ich sah sein Gesicht. Es war ein Indianer, und ich werde sein Gesicht nie vergessen. Quer über seiner Stirn, in der Höhe der Augenbrauen, trug er eine breite, furchtbare, rote Narbe.

Und wenn ihr mir dreitausend Indianer vorführt, werde ich diesen Mann auf den ersten Blick erkennen!"

„Und was tatest du?"

„Ich tat nichts. Ich lag in meine Decken gewickelt und tat nichts."

„War der Mann bewaffnet?"

„Er trug ein breites Messer in der Hand und schritt geräuschlos auf Borgs Lager zu. Bella stand da und wies ihm den Weg. Es war kein Zweifel, daß die beiden Mord planten."

„Und du tatest nichts?"

„Seid doch nicht so sinnlos grausam in euren Fragen!" heulte Gregory. „Könnt ihr denn nicht begreifen, daß es Menschen gibt, die aus Fleisch und Blut sind, nicht aus Stahl und Eisen, wie man es in diesem Lande sein soll?! Natürlich tat ich nichts ... was sollte ich denn tun? Ich lag in meinem Schweiß, und mir war, als ob siedendes Öl über meinen Kopf rann. Ich habe mich so gefürchtet, daß ich das Ganze für einen gräßlichen Traum hielt. Ich habe mich so gefürchtet, daß ich dachte, meine Haare werden weiß. Ich habe mich so gefürchtet, daß ich nicht einmal heulen konnte vor Furcht. Ich bin beinahe gestorben vor Furcht. Was fällt euch denn ein? Was wollt ihr von mir? Könnt ihr von einem Menschen verlangen, daß er ein Held ist? Ich bin kein Held! Und das ist mein ganzes Verbrechen!

Dann begann der Kampf im Halbdunkel. Der Indianer stieß mit seinem Messer auf den schnarchenden Borg ein. Aber das Licht war zu schwach, er hatte nicht den Mut gehabt, ihm die Decken wegzureißen. Borg fuhr auf, er war gleich bei voller Besinnung und fuhr dem Indianer an die Gurgel. Er schnellte sich aus dem Bett und fiel mit seinem ganzen Gewicht auf den Mann. Sie rangen um das Messer, Borg hatte es schon fast an sich gerissen, da biß der Mörder ihm in die Faust. Er bekam die bewaffnete Hand frei und stieß immer wieder zu. Sie wälzten sich gegen Tische und Stühle, daß das Holz zusammenkrachte, und dann fiel der erste Schuß."

„Und du?"

„Ich wollte mich aufraffen, wollte um Hilfe brüllen oder mit einem Stuhlbein den Mörder erschlagen, aber ich konnte nicht. Wie an Händen und Füßen gefesselt lag ich da, Gott helfe mir. Bella hatte den ersten Schuß abgefeuert, auf Borg, aber er lebte immer noch. Er lebte noch und kämpfte noch, als wenn er drei Leben hätte. Er schrie sogar nach mir „Hilfe! Helft mir doch, St. Vincent!" Aber dann war plötzlich keine Hilfe mehr nötig. Er hatte mit seiner eisernen Faust den Indianer knockout geschlagen, und dann lag Bella plötzlich wieder vor ihm, wie ich es oft gesehen hatte, wie ein Hund, der die Peitsche erwartet. Borg riß ihr den Revolver aus der Hand und schoß zweimal auf den Indianer. Seine Augen waren von strömendem Blut geblendet, er traf ihn nicht. Die Kugeln pfiffen scharf an meinem Kopf vorbei in die Wand. Ihr könnt sie dort noch finden. Ich glaube, er wollte den Indianer und mich zugleich erschießen, aber er fehlte uns beide. Den dritten Schuß gab er auf Bella ab, und der traf.

Alles andere war so, wie ihr es von den Zeugen gehört habt."

Es entstand eine lange Pause. Kein Mensch wagte zu sprechen, aber wie zum Hohn dieses Lynchgerichtes, wie zum Triumph des Lebens, das nach jedem Grauen und zu jedem Entsetzen dennoch das letzte Wort spricht, schmetterte ein Rotkehlchen aus der Krone des Baumes herab, der eben noch als Galgen dienen sollte.

„Hängt ihn auf! Hängt ihn, daß Schluß wird! So eine feige Bestie hat kein Recht mehr zu leben!" riefen aus der Masse ein paar grimmige Stimmen. Aber die meisten der Männer waren jetzt ganz stumm und beklommen. Gestern noch hätte es ihnen nichts ausgemacht, St. Vincent am Galgen zu sehen. Aber in diese Morgenpracht hinein schien das Bild gräßlich, und zudem war ihnen klar, daß auf ein Versagen der Nerven, selbst auf die erbärmlichste Feigheit, nach keinem menschlichen Gesetz der Tod steht.

In diesem Augenblick lenkte ein großes Floß, das an jedem Ende von einem Steuerriemen geführt wurde, in geräuschloser Fahrt in den Kanal ein. Als es der Richtstätte gerade gegenüberlag, wandte das vordere Ende sich dem Ufer zu, eine Leine wurde ans Land geworfen, dann kam mit gewaltigem Satz ein weißer Mann an den Strand, der die Leine ein paarmal um den Galgenbaum schlang.

„Laßt euch nicht stören, Jungens!“ sagte der Mann, der mit einem Blick die ganze Situation erfaßt hatte. „Wird schon richtig sein, was ihr da macht! Nur haben wir da einen Burschen an Bord, der auch nicht mehr lang' zu leben hat. Vielleicht haben ein paar von euch Zeit, sich auch um den zu kümmern?“

Als ob die Goldgräber glücklich wären, einen anderen Gegenstand für ihre Aufmerksamkeit zu finden, wandten aller Augen sich jetzt dem Floß zu. Auch Jacob Welse, dessen Kopf verbunden war, der aber jetzt frischer und tatkräftiger aussah als am Tage zuvor, folgte den unerwarteten Vorgängen.

„Was habt ihr da für eine Ladung?“ fragte er und wies auf einen Haufen Tannenzweige, mit denen das Floß gefrachtet war. Der andere Floßschiffer trat an die Fracht heran und warf ein paar von den Zweigen beiseite.

„Frisches Elchfleisch, Jungens!“ rief er mit der Stimme eines Verkäufers auf dem Jahrmarkt. „Ausgezeichnete Ware! Frisches Fleisch, ihr Männer! Wenn wir bis Dawson fahren, reißen sie es uns aus den Händen, für 10 Unzen Goldstaub das Kilo! Aber weil ihr's seid, und weil man sich den Weg nach Dawson auch sparen möchte, sollt ihr es billiger haben!“

„Und das ist, wie gesagt, die Fracht Nummer zwei“, sprach der erste Mann und wies auf die Umrisse einer Männergestalt, die mit vielen Decken verhüllt war.

„Den haben wir erst heute morgen aufgelesen, so ungefähr 30 Meilen flußaufwärts.“

„Der braucht einen Doktor“, erzählte der Zweite. „Muß eine Meinungsverschiedenheit mit einem Grizzlybären gehabt haben, und der Bär hat das letzte Wort behalten. Aber wir haben keine Zeit. Entweder kauft ihr gleich oder gar nicht! Bei der Sonne hält sich das Fleisch nicht!“

Frona und St. Vincent sahen zugleich, wie der Verwundete die Böschung hinauf und durch die Menge getragen wurde. Eine bronzefarbene Hand hing schlaff von der rohgezimmerten Bahre herab, ein bronzefarbenes Gesicht kam zwischen den Decken zum Vorschein. Die Männer, die ihn trugen, machten in der Nähe des improvisierten Galgens halt, um zu beschließen, wohin sie ihn tragen wollten. Plötzlich fühlte Frona einen rasenden Griff an ihrem Arm. St. Vincent bohrte seine Nägel in ihr Fleisch.

„Sieh doch!“ St. Vincent bebte an allen Gliedern, sein Gesicht mit den lodernden Angst-Augen war in diesem Augenblick noch weißer als zuvor.

„Schau hin! Die Narbe!“

Der Indianer schlug die Augen auf, sein leergeblutetes Gesicht verzerrte sich zu einer Grimasse des Erkennens.

„Das ist der Mann! Das ist der Mörder!“ brüllte St. Vincent der Menge zu, mit einem ganz zerborstenen Organ. „Schaut ihn euch an, schaut die Narbe an! Das ist der Mann, der John Borg überfallen hat!“

Gleich darauf hätte man nicht mehr glauben können, daß soviel Menschen zusammengekommen waren, um über einen der Ihren hochnotpeinliches Gericht zu halten. Nur die Schlinge, die aus der Krone des Baumes herniederbaumelte, erinnerte noch an den Anlaß zu dieser Versammlung. Aber St. Vincent selbst lag jetzt am Fuß des Baumes. Er streckte sich in der Sonne, und wahrscheinlich schlief er. Die Angst war von ihm genommen, nach vierundzwanzig Stunden des Zitterns und Zagens, nach einer Kette übermenschlicher Anstrengungen schlief er, wie jedes Wesen sich in den Schlaf flüchtet, um neue Kräfte zum Leben zu sammeln, auch unter dem Galgen.

Der verwundete Indianer war in eine Hütte getragen worden. Bei ihm saßen Jacob Welse, der Vorsitzende des Gerichtes und La Flitche. Sie versuchten in vielen Indianersprachen, ihn zum Sprechen zu bringen. Mit seinem letzten Atem sollte er die Wahrheit bekennen. Nach langem Suchen probierte La Flitche es mit einem Dialekt, den er in Kindertagen einmal gelernt und beinahe wieder vergessen hatte. Bei den ersten Lauten fuhr über das Gesicht des Sterbenden ein frohes Aufleuchten ...

Am Ufer wurde wacker gehandelt, die Goldwaage war in Tätigkeit, Mann um Mann brachte eine gewaltige Elchlende oder einen Schlegel, eingehandelt gegen eine Summe von Gold, mit der man in anderen Ländern zumindest ein paar Rinder kaufen konnte, in Sicherheit. Frona saß nicht weit von Corliss. Ihre verweinten, erstaunten Augen faßten dieses ganze Bild nicht. Sie bewachte den Schlaf des Unglücklichen. Durch ihr Herz tobten wilde Stürme. Haß und Liebe zu diesem schönen, verführerischen, elenden Menschen rangen in ihr. Noch wußte sie nicht, ob sie ihn tief genug verachten konnte, um ihn nicht mehr lieben zu müssen.

Ein paar Stunden später wurde die Verhandlung wieder aufgenommen. Bill Brown rief die Männer, die sich selbst zu Geschworenen ernannt hatten, im Kreise um den Galgen zusammen. Er sprach:

„Kameraden! Männer von Klondike und Alaska! Ihr werdet sogleich aus dem Munde von La Flitche hören, was der sterbende Indianer ihm gebeichtet hat, und ihr werdet dann entscheiden, wieviel Schuld diesen Mann unter dem Galgen trifft. Nur eine Frage will ich zuvor noch an Sie richten, Gregory St. Vincent! Warum haben Sie nicht früher gesprochen? Sie hatten das Wort, so oft Sie es wünschten. Wir haben Ihren Fall geprüft, wie kein Gerichtshof in den Staaten ihn besser hätte prüfen können. Wir haben gewußt, daß unser Spruch vor den höchsten Behörden des Landes bestehen muß, und es hätte Herrn Welses Warnung nicht bedurft, um uns zu sagen, welche Verantwortung wir trugen!

Denn Sie hatten Unrecht, Herr Welse! Es gibt ein Notgesetz für Alaska, unter dessen Schutz unser Gerichtshof tagt. Fünfhundert Meilen im Kreis von der nächsten Behörde ist ein Gericht wie das unsere befugt, Urteile zu fällen und zu vollziehen, wenn die Gefahr besteht, daß ein Verbrecher sich der gerechten Strafe entzieht. Wie groß in unserem Fall die Gefahr war, das haben gerade Sie, Herr Welse, und der französische Baron uns bewiesen. Was Sie getan haben, war ein Eingriff in die Maschinerie der Justiz. Aber darum handelt es sich jetzt nicht. Wir wissen, daß auch Sie glaubten, der Gerechtigkeit zu dienen, und ich jedenfalls werde keine Anklage gegen Sie erheben. Ich komme auf meine Frage zurück: warum haben Sie, Gregory St. Vincent, der Wahrheit nicht früher die Ehre gegeben? Die Ohren Ihrer Richter standen offen für Ihre Verteidigung! Sie waren nicht allein, nicht verlassen, denn neben Ihnen wachte in Fräulein Welse ein Anwalt, wie Sie ihn besser sich nicht wünschen konnten!"

„Deshalb grade! ... Weil Fräulein Welse mich verteidigte, nur deshalb habe ich die Wahrheit nicht gesprochen."

In diesem Augenblick war Gregory St. Vincent keine schlotternde Memme und kein weinendes Kind mehr, zum erstenmal bekannte er wie ein tapferer Mann:

„Weil ich in ihren Augen kein Feigling sein wollte ..."

La Flitche sagte aus, der sehnige, zungengewandte Halbindianer, der der Natur so nahe war wie ein Tier des Landes, und dessen Verstand scharf war wie der eines weißen Mannes.

„Der Mann heißt Gau“, verkündete er. „Er spricht die Wahrheit. Er kommt vom Weißen Fluß. Er versteht nichts – er wundert sich sehr über all die weißen Männer. Er hat nie geglaubt, daß es so viele weiße Männer auf der Welt gebe. Er stirbt bald, und sein Name ist Gau.

Vor langer Zeit – es ist ganze drei Jahre her – kommt John Borg in das Land dieses Mannes. Er jagt, er bringt viel Fleisch ins Lager, und deshalb haben die Sticks am Weißen Fluß ihn gern.

Gau hat eine Frau, Pisk-ku. Nach einiger Zeit trifft John Borg Anstalten zur Abreise. Er geht zu Gau, und er sagt: „Gib mir deine Frau. Wir wollen einen Handel machen. Ich will dir viele Dinge für sie geben.“ Aber Gau sagt nein. Pisk-ku sei eine gute Frau, und keine Frau könne Mokassins nähen wie sie. Sie sei auch tüchtig im Gerben von Elchhäuten und mache das weicheste Leder. Er habe Pisk-ku gern. Da sagt John Borg, das sei ihm einerlei, er wolle Pisk-ku haben. Dann prügeln sie sich, eine richtige Prügelei, und Pisk-ku geht weg mit John Borg. Pisk-ku wollte nicht gehen, tut es aber doch. Borg nennt sie Bella und gibt ihr viele gute Sachen, aber sie hat nur Gau lieb.“

La Flitche zeigte auf die Narbe, die quer über Stirn und Augen des Indianers lief. „Das hat John Borg getan.

Lange ist Gau sehr nahe am Sterben. Dann wird er gesund, aber sein Kopf ist krank. Er erkennt niemand, ist ganz wie ein kleines Kind, genau so. Da, eines Tages, eins zwei drei, springt etwas in seinem Kopfe, und er wird gesund. Er erkennt seinen Vater und seine Mutter; er erinnert sich an Pisk-ku. Er erinnert sich an alles. Sein Vater sagt, daß John Borg den Fluß hinabgefahren ist. Da fährt Gau auch den Fluß hinab. Es ist Frühling, und das Eis ist sehr schlecht. Er fürchtet sich sehr vor all den weißen Männern, und als er hierher kommt, reist er nachts. Niemand sieht ihn, aber er sieht alle Menschen. Er ist wie eine Katze und kann im Dunkeln sehen. Dann kommt er geradeswegs nach Borgs Hütte. Er weiß nicht, wie er es gemacht hat. Er weiß nur, daß er ein Werk zu verrichten hat, ein gutes Werk.“

St. Vincent drückte Frona die Hand, aber sie riß sich los und trat einige Schritte zurück.

„Er sieht, wie Pisk-ku die Hunde füttert, und er spricht mit ihr. In der Nacht kommt er, und sie öffnet ihm die Tür. Was nachher geschieht, wißt ihr selbst. Borg tötete Bella; Gau tötete Borg. Borg tötete Gau, denn Gau stirbt bald. Borg hat einen starken Arm. Gau ist innen krank – ganz kaputt geschlagen. Gau ist alles einerlei. Pisk-ku ist tot. Dann geht er über das Eis ans Ufer. Ich sage, daß ihr anderen alle sagt, es ist unmöglich, daß niemand zu dieser Zeit hinausgehen kann. Er lacht und sagt, daß es so ist, und was so ist, das muß sein. Er ist krank inwendig, und schließlich kann er nicht mehr gehen, er kriecht. Es dauert lange, bis er an den Steward kommt. Er kann nicht mehr gehen, und so legt er sich nieder, um zu sterben. Zwei weiße Männer finden ihn und bringen ihn hierher. Ihm ist es einerlei; er muß auf alle Fälle sterben."

La Flitche schwieg, aber keiner sagte etwas. Da fügte er hinzu: „Ich finde, daß Gau ein verdammt guter Mann ist!"

Frona trat zu Jacob Welse. „Bring mich fort, Vater", sagte sie. „Ich bin so müde."

Am nächsten Morgen hackte Jacob Welse, Millionär und Goldkönig, vor seinem Zelt das Holz, das im Laufe des Tages gebraucht wurde. Dann steckte er sich eine Zigarre an und ging Baron Courbertin besuchen. Frona wusch das Frühstücksgeschirr auf, hängte die Schlafsäcke in die Sonne und fütterte die Hunde. Danach nahm sie ein Buch und setzte sich auf zwei umgestürzte Kiefernstämme, die eine Art Bank bildeten. Aber sie öffnete das Buch nicht. Ihr Blick schweifte über den Yukon hin, suchte den Stromwirbel und den Felsen, den zu erreichen sie vorgestern mit Corliss und dem Schotten so verzweifelt gekämpft hatte.

Wieviel seitdem geschehen war! Wie fern dieser Tag heute schon lag! War sie es wirklich selbst gewesen, die den Tod schon auf der Schulter gefühlt, den schäumenden Tod im eisigen Wasser? Um ein Nichts war es doch gegangen, um das Leben eines fremden Indianers ... Hier hatten Mord und Wut getobt, hier hatte man die Schlinge schon um den Hals eines Unschuldigen gelegt, während sie und zwei Männer, drei junge, starke, nützliche Menschen, ihr Leben einsetzten für das eines Unbekannten.

Der Vater hatte ihr mitgeteilt, welche Nachricht der von ihr gerettete Indianer gebracht hatte. Es waren wichtige Entscheidungen in Dawson zu treffen, Fragen, die sich brieflich nicht erledigen ließen. Noch dieser eine Tag, dann sollte sie mit ihm aufbrechen, dann würde all dieses Inselleben hinter ihr liegen, ihr Kampf mit dem Eis, ihr Kampf gegen Richter Lynch. Es würde alles in der Erinnerung verschmelzen und vielleicht bald nicht mehr wahr sein.

Wie stand sie zu St. Vincent? Instinktiv wehrte sie sich dagegen, an ihn zu denken. Etwas Dunkles, Furchtbares verband sie noch immer mit diesem Manne. Einmal mußte sie sich mit ihm auseinandersetzen, aber sie wollte die Stunde hinausschieben. Steif und wund waren ihre Glieder, ihre Seele war müde und krank. Sie hatte Angst vor neuen Qualen, sie hatte Angst vor dem Wort, das ihr eigenes Herz sprechen würde.

Das Geräusch von leichten Schritten auf dem trocknen Waldboden näherte sich. Sie sah auf, und St. Vincent stand vor ihr. Er hatte sich völlig erholt, als wären die schrecklichsten Stürme, denen ein Mensch begegnen kann, an ihm abgeglitten. Sein Gesicht war fast heiter und so schön, wie es ihr immer erschienen war. Keine Spur hatte sich in diese frischen knabenhaften Züge gegraben.

„Du bist eine Heldin, Frona!" begann er, und es schien, als wollte er sich vor ihr in die Knie werfen. „Du hast um mich gekämpft, und es gibt kein Wort, mit dem ich dir danken könnte. Vielleicht kann ein ganzes Leben voll Dankbarkeit ... Aber ich weiß nicht, ob ich es dir anbieten darf ... Nur das weiß ich: ohne deine Tapferkeit, ohne deine Treue, ohne deine Liebe wäre ich nicht mehr. Der schimpflichste Tod war mir gewiß ... ohne dich, Frona!"

„Was soll ich sagen?" dachte Frona. „Ich hasse ihn, ich verabscheue ihn!"

Sie hatte die Hände ineinandergepreßt, ihre zitternden Hände, und über ihre Wangen liefen Tränen. Dann auf einmal brach sie in ein grelles schluchzendes Lachen aus.

„Du hast furchtbar gelitten, Frona!" flüsterte er mit einer Zärtlichkeit, so weich und gut, wie sie nur ihm gegeben war. „Jetzt erst weiß ich, wie furchtbar du gelitten hast."

Sie lachte noch heftiger, sie lachte wie eine Kranke.

„Es ist ja alles vorbei, Frona! Ich lebe, du fühlst mich, ich liebe ..."

Dabei legte er den Arm um sie. Ganz nahe waren ihr seine Lippen, von denen es kein Entrinnen gab, wenn sie noch einmal die ihren fanden. In einer Todesangst, die sie in den reißenden Strudeln und zwischen den kalbenden Eisbergen nicht empfunden hatte, stieß sie ihn mit beiden Fäusten von sich.

„Du hast mich schmutzig gemacht! Meine Lippen sind schmutzig von deinen Küssen! Nie wieder! Nie wieder!“

Er starrte sie an, er verstand nichts.

„So sprichst du mit mir?“

„Ein Feigling! ...“ hauchte sie und rieb ihren Mund, rieb ihre Hände. Jeder Fleck ihrer Haut ekelte sie, den er einmal berührt hatte.

„Du nennst mich Feigling? Und das ist alles, was du mir zum Vorwurf machst? Aber diese andern, die mit Messern und Revolvern aufeinander losgehen, all diese Burschen, in denen ein Henkersknecht steckt und danach brüllt, sich einmal austoben zu dürfen ... all diese andern sind Helden?“ Er ließ sich zu ihren Füßen nieder, und jetzt weinte auch er.

„Ich habe ihre Nerven nicht, Frona. Ich kann nicht töten. Ich kann keine Wunden schlagen. Meine Kraft gilt anderen Zielen. Aber ich glaube, daß ich besser lieben kann als diese Helden. Ist das nichts, Frona?“

„Wenn du doch gestorben wärst, Vincent! Wenn du in der Nacht in Borgs Hütte gestorben wärst, meinetwegen vor Angst gestorben wärst, wenn auch nicht im Kampf. Ja selbst, wenn du am Galgen gestorben wärst! Ich hätte dich grenzenlos geliebt. Ich hätte dich für mein ganzes Leben geliebt. Jetzt geh von mir!“

„Und wenn ich jetzt vor deinen Augen sterbe? Dazu bin ich nicht zu feig, Frona! Wirst du mich dann wieder lieben können?“

„Es ist zu spät, Vincent. Einen schwachen, armen, kleinen Menschen hätte ich lieben können. Ich will kein Heldenweib sein. Ich will nie wieder versuchen, etwas anderes zu sein als eine Frau, wie alle Frauen sind. Aber du hast etwas zerstört, und das kann nicht wieder werden.“

„Was hab' ich zerstört?“

„In dir habe ich den tapfersten aller Männer gesehen! Alle Träume, die ein Mädchen träumt, waren in dir Körper geworden! Und das ist vorbei. Das kommt nie wieder. Aber du würdest mich immer daran erinnern ...“

„Geh fort!“ schrie sie mit so furchtbarer Energie, mit so haßerfüllten Augen, daß er plötzlich nicht mehr zweifeln konnte: hier war sein Spiel ausgespielt.

„Gut, ich gehe. Du wirst nie wieder von mir hören. Vielleicht wirst du einmal lesen und lernen, daß du einen Menschen von dir gestoßen hast, der mehr wert ist als all deine Eisenfresser. Auch mehr als der, der mich verdrängt hat. Denn das laß dir sagen, als mein letztes Wort: Ich weiß, daß alles gelogen war! Du hättest mich weiter geliebt, du wärst durch Jammer und Elend mit mir gegangen ohne den, der von da drüben kommt."

Dabei zeigte er auf ein Kanu, in dem Del Bishop mit Corliss herangepaddelt kamen.

„Ich weiß, daß deine Verachtung und dein Heldenglaube nichts ist als Pose! Aber der Mann, mit dem du eine gewisse Nacht, eine ganze Nacht, von der wir nicht sprechen wollen, in Happy Camp verbracht hast, in seinem Zelt, in seinen Decken, der ..."

„Vance!" schrie Frona hinaus auf den Fluß: „Komm her und schütze mich!"

Bei diesem Schrei, dessen Echo die Flut widerhallte, verschwand Gregory St. Vincent wie ein Schatten.